BLACK SUN RISING
BARRY GIFFORD

Seven Stories Press
New York · Oakland · Liverpool

Title page image: Frederic Sackrider Remington, *Pool Desert*, 1907.
Drawing of John July by Barry Gifford

SEVEN STORIES PRESS
140 Watts Street
New York, NY 10013
www.sevenstories.com

Library of Congress Cataloging-in-Publication Data

Names: Gifford, Barry, 1946- author.
Title: Black sun rising, or, La corazonada / Barry Gifford.
Other titles: La Corazonada
Description: New York, NY : Seven Stories Press, [2020]
Identifiers: LCCN 2020022697 (print) | LCCN 2020022698 (ebook) | ISBN
  9781609809980 (trade paperback) | ISBN 9781609809997 (ebook)
Subjects: LCSH: Kickapoo Indians--Fiction. | Mexican-American Border
  Region--Fiction. | GSAFD: Western stories.
Classification: LCC PS3557.I283 B47 2020 (print) | LCC PS3557.I283
  (ebook) | DDC 813/.54--dc23
LC record available at https://lccn.loc.gov/2020022697
LC ebook record available at https://lccn.loc.gov/2020022698

College professors and high school and middle school teachers may order free examination copies of Seven Stories Press titles. To order, visit www.sevenstories. com or send a fax on school letterhead to 212-226-1411.

Printed in the USA.

9 8 7 6 5 4 3 2 1

LA CORAZONADA
BARRY GIFFORD

TRADUCCIÓN DE LAURA EMILIA PACHECO

Seven Stories Press
New York · Oakland · Liverpool

LA CORAZONADA se desarrolla en 1851, en la frontera entre México y Texas. Ficción histórica escrita en un estilo que podría describirse como *western noir*, es el relato de la migración de los indios semínolas de Florida, Oklahoma y Texas a Nacimiento, en el estado mexicano de Coahuila, pero también es la historia de los esclavos fugitivos del sur norteamericano que llegaron a ser conocidos como indios semínolas negros o mascogos. Junto con los semínolas y un puñado de hombres blancos empáticos y solidarios, formaron la primera tribu integrada que se estableció en Norteamérica. En el corazón de la novela está el romance entre Sonny Osceola, hijo del gran jefe semínola Osceola —asesinado por soldados norteamericanos—, y Teresa Dupuy, la hija indómita y rebelde del hacendado Cass Dupuy —ex *ranger* de Texas y cazador de esclavos—, que se opuso violentamente a esa unión. Habitada por personajes llenos de vida, como el capitán Coyote y John July —jefes de los indios semínolas y mascogos—, por insurgentes del estado secesionista de Coahuila, por el coronel Emilio Langberg —caudillo militar alemán—, y por pandillas de comanches y de apaches que saquean la frontera, *La corazonada* es una narración concisa, y sin embargo poética, que se desarrolla en un tiempo y en un lugar muy poco conocido de la historia entre México y los Estados Unidos de América que merece ser recordada.

A la memoria de Jim Hamilton

"La vida es un asunto muy peligroso."

—João Guimarães Rosa,
Gran Sertón: Veredas

"Comprendió que un destino no es mejor que otro, pero que todo hombre debe acatar el que lleva adentro. Comprendió que las jinetas y el uniforme ya lo estorbaban. Comprendió su íntimo destino de lobo, no de perro gregario . . ."

—Jorge Luis Borges,
"Biografía de Tadeo Isidoro Cruz (1829-1874)"

John July

Prefacio a *La corazonada*

ME INTERESÉ en la historia y en la situación de la tribu de indios semínolas cuando era niño. En los años cincuenta mi madre y yo parábamos en las granjas de reptiles de Florida cuando conducíamos entre nuestra casa de ahí y la que teníamos en Chicago. Llegamos a conocer tan bien a algunos cuidadores y empleados de esas granjas que con frecuencia nos permitían entrar muy temprano, antes de abrir al público. Así me relacioné con varios jóvenes semínolas que trabajaban o habían trabajado como luchadores de caimanes. A algunos les faltaba una parte o el dedo completo por no haber sacado a tiempo la mano, antes de que la mandíbula del caimán se cerrara de golpe. Ellos permanecían en las granjas encargados de ponerle agua a las pajareras, limpiar el serpentario y alimentar a los grandes reptiles con enormes trozos de carne que les lanzaban con una horqueta.

Conforme fui creciendo devoré todo lo que pude sobre los indios semínolas y cómo fue que se reunieron y mezclaron con los esclavos prófugos, lo que resultó en una tribu integrada a cuyos miembros se les llamó indios mascogos o indios semínolas negros. A mediados del siglo XIX establecieron un asentamiento en el estado de Coahuila, al norte de México. Escribí una historia sobre esa fusión tan poco conocida con la idea de que alguno de los más grandes directores de *westerns*, como Raoul Walsh, John Ford, Howard Hawks o Sam Peckinpah, podrían haberla llevado al cine. Por desgracia, para cuando terminé de escribir, casi todos se habían retirado o estaban muertos, y los estudios cinematográficos habían dejado de producir *westerns*. *La corazonada*, como titulé la historia, debe leerse con esto en mente. El cuento aparece aquí íntegramente publicado por primera vez.

—B.G.

DESPUÉS DE la evacuación forzada de las tribus de Florida, cuando lo capturaron y llevaron a Oklahoma a un campo para desplazados, el capitán Coyote tuvo una visión: algún día él y los semínolas hallarían un nuevo hogar en otro país. Al encontrar en Nacimiento lo que habían estado buscando, un granjero mexicano le explicó que aquel presentimiento había sido una corazonada.

☆

Coahuila, México, 1851.
Cerca de la frontera con Texas

Una tarde calurosa y llena de polvo una mujer negra y sus dos hijos –uno de diez y otra de siete años– se bañaban en un arroyo al pie de unos álamos. Los niños reían y chapoteaban bajo la mirada de su madre. Los tres estaban desnudos.

De pronto se escuchó el galopar de caballos juntarse como truenos. Súbitamente, de entre los árboles aparecieron dos hombres blancos a caballo. Se abalanzaron sobre la mujer y sus hijos. Uno de los jinetes se zambulló para alzar al niño hasta su silla de montar y el otro hizo lo mismo con la niña. Ambos huyeron a toda prisa por el riachuelo. La madre se lanzó al paso del caballo que cargaba a su hija pero fue derribada. Los secuestradores desaparecieron por la orilla del arroyo y se esfumaron.

La mujer se incorporó y miró brevemente en dirección a donde habían desaparecido los caballos, alzó su vestido de yute y se lo enfundó. Corrió en dirección opuesta.

☆

Una improvisada tribu semínola de alrededor de cuatrocientos integrantes formada en su mayoría por indios creek del sur de Georgia y Florida, así como por esclavos fugitivos a los que se conoce como mascogos, había establecido un campamento en El Moral, en la boca de un accidentado cañón cubierto de mezquite. Esa tribu recompuesta era lo que quedaba de los pueblos que habían sobrevivido las prolongadas guerras semínolas y la reubicación de Florida a Oklahoma. También había prófugos que venían de los estados confederados. Los grupos de indios se habían aliado en México en un intento por vivir como hombres y mujeres libres.

La tribu tenía dos cabecillas: John July, un hombre alto, imponente, de edad mediana y una dignidad extraordinaria, un cuarto indio creek y tres cuartos negro; y el otro, el capitán Coyote, un malhumorado e impredecible guerrero de sangre semínola algo más viejo que John, malvado y revoltoso un momento, sombrío y mortal al siguiente. Juntos compartían la responsabilidad del bienestar de sus pueblos unidos.

Tambaleante y exhausta, la mujer que se había bañado en el río con sus hijos llegó corriendo al campamento. Los miembros de la tribu se apresuraron a encontrarla. Encabezados por John y Coyote, un grupo de rescate conformado por tres indios y tres mascogos, saltaron a sus caballos y cabalgaron en busca de los niños.

☆

Empleando sus extraordinarias habilidades de rastreo la partida de rescate se dirigió a la frontera. Uno de los indios hizo una señal hacia la orilla del arroyo. Tras otra indicación el grupo se dividió.

Dos esclavistas blancos avanzaron con zancada fácil hacia el Río Grande. Cada uno llevaba a uno de los chicos. Cuando tres semínolas aparecieron galopando directamente hacia ellos, los esclavistas azuzaron a sus caballos hacia el río y atravesaron las aguas poco profundas en dirección a Texas. Los otros tres semínolas se acercaron desde la otra orilla. Habían rodeado a los hombres para tomarlos por sorpresa. Los esclavistas se detuvieron en seco y, después de un instante, advirtieron que estaban en desventaja. Al unísono dejaron caer a los niños al río y galoparon hacia la orilla del lado texano. Los semínolas dispararon sus rifles contra los esclavistas pero no lograron herirlos, después recogieron a los niños y volvieron al campamento. Del otro lado del río los dos esclavistas se estacionaron y vieron a los semínolas desaparecer. De inmediato dieron media vuelta y se dirigieron al norte.

☆

CERCAS DE estacas pintadas de blanco, varias construcciones, un césped cuidado y un jardín rodeaban la inmaculada casa de una hacienda en Brackettville, Texas. Todo en este despliegue sugería una pulcritud y una higiene a niveles casi exagerados. Incluso el ganado que pastaba en las cercanías parecía formar parte de un mundo perfectamente ordenado.

En el establo Sonny Osceola acicalaba un caballo. Tenía veintitantos años, era semínola, mezcla de sangre blanca y creek, un exiliado de ambos mundos. Un tipo calmado, receloso, alerta que tenía cierto aire de majestuosidad.

Teresa Dupuy llegó a caballo y detuvo al animal. Se cubrió los ojos para protegerse de la luz del sol y miró hacia el establo. En su rostro se dibujó una lenta sonrisa. Teresa tenía veinticinco años, era rubia, hermosa, audaz. No llevaba sombrero. Sacudió su largo cabello rebelde y se dirigió a los establos. Su forma de caminar definía su carácter de múltiples formas: su zancada larga y relajada era el andar de una mujer física y sexualmente precoz, segura, contumaz.

Sonny estaba a la entrada en secreto observando a Teresa acercarse. Sonrió, se alejó y siguió cepillando al caballo. Escuchó cada vez más cerca el crujir de las botas de Teresa; Sonny fingió no saber que se aproximaba. De pronto Teresa se deslizó bajo el cuello del caballo y besó a Sonny en la boca; un beso fuerte, con los labios abiertos, posesivo.

—¿Me viste, verdad? ¿Por qué no respondes?

Teresa frotó su nariz contra la de Sonny, lo mordió en la oreja y se acercó aún más.

—Tengo mejores cosas que hacer que estar mirándote.

—¡Mentiroso!

Se besaron acaloradamente y luego Sonny se apartó.

—Oye, tu viejo está por llegar.

Abrazándolo y besándolo con fuerza, Teresa jaló a Sonny a un cuarto de arreos lleno de parafernalia de caballo que despedía un hedor a cuero viejo. Con erótico abandono se arrancaron la ropa, batallando para sacarse las botas. Sonny vivía ahí como asalariado. Comenzaron en un catre y terminaron retorciéndose en el piso, Teresa arriba y, de inmediato, Sonny. Había una urgencia, una desesperación, una ternura salvaje en la manera en que hacían el amor.

Después, cuando Sonny y Teresa yacían abrazados, una sombra eclipsó el rostro de Sonny. Teresa no vio el cambio pero lo percibió y se tensó sin siquiera mirarlo.

—¿Dónde estabas? —preguntó Teresa.

—¿Cómo?

—Estabas aquí y luego te fuiste a otra parte. ¿Qué ocurre?

—No ocurre nada.

—Sonny . . .

—No podemos seguir haciendo esto. Voy a terminar plagado de perdigones o algo peor.

—Mientes. Tú no le tienes miedo.

Sonny estudió a Teresa un momento; ella estaba en lo cierto: él no le temía a su padre, pero Teresa era otra cuestión.

—Anda, sabes que conmigo no tienes que contenerte.

—Las tribus están en México, cerca de la frontera —dijo Sonny.

—¿Estás seguro?

Sonny asintió.

—El otro día me topé con dos semínolas en Eagle Pass. Allá hay más de trescientos. Se negaron a permanecer en la reservación de Oklahoma.

Teresa se incorporó y se vistió aprisa.

–Ven. Hablemos allá por el arroyo.

Sonny y Teresa ensillaron sus caballos y salieron a trote justo cuando Cass Dupuy, padre de Teresa, y Royce Box, su amigo cercano, llegaban a grandes zancadas en sus caballos. Dupuy hizo una seña para que Sonny y Teresa se detuvieran. El hombre tenía casi sesenta años y una expresión adusta, como correspondía a un capitán de los *rangers* de Texas. Royce Box, su compinche y vaquero a cargo, era quince años menor. También había pertenecido a los *rangers* y tenía un físico poderoso. Era callado, tenía expresión demacrada y contenida. En conjunto, los dos habían atemorizado el corazón de hombres tozudos e ilegales por igual.

–¿Qué ocurre? –preguntó Dupuy.

–Vamos a dar una vuelta –respondió Teresa.

Dupuy cruzó una pierna por encima de la silla de montar, sacó una caja de rapé y lo untó sobre su encía inferior, mientras observaba a Teresa y a Sonny, alternando la mirada de uno a otro. Los veía a los dos, primero a uno y luego al otro. Su abultado labio inferior le confería a su semblante una peculiar expresión de amenaza.

–¿No tienes nada que hacer? –preguntó Dupuy a Sonny.

–Acabo de herrar a esta yegüita. Pensé sacarla a dar una vuelta para que se afloje.

A lo largo de este tenso intercambio Royce Box miró fijamente a Teresa de una forma que reclamaba exclusividad, algo de lo que ni si quiera él se percató. Lo que sí llamó la atención de Royce era el desaliño de Teresa y también la hebra de paja que colgaba de su cabello, evidencia de su reciente interludio carnal. Miró a Dupuy con aprehensión para ver si se percataba de ello, pero Dupuy estaba ocupado observando a Sonny muy de cerca. Royce también fijó su atención en Sonny con una mirada de evidente hostilidad.

—Apresúrense a volver.

Dupuy se inclinó lejos de la silla de montar y lanzó un escupitajo de rapé justo cuando Sonny y Teresa pasaban a su lado.

☆

SONNY LANZABA guijarros hacia un arroyo apartado. Cerca, su caballo y el de Teresa estaban atados bajo la sombra de unos álamos. Teresa se sentó en el prado que había en la orilla y miró la corriente que fluía con suavidad.

–Entonces es por eso que papi, Royce y los demás han estado cruzando la frontera de noche.

–Son esclavistas.

–Pues no importa. Mi papá es harina de otro costal. Lo que quiero preguntarte es si tú confiarías en el gobierno mexicano. Tienen una revolución cada tercer día. ¿Cómo pueden mantener sus promesas? Además del hecho de que no le van a dar tierra a tu gente sólo por la enorme bondad de sus corazones.

–Es cierto –dijo Sonny.

–¿Hace cuánto que están en México?

–No lo sé. No mucho. Salieron de Florida hace como dos años. Una gran cantidad murió de inanición en el camino, por enfrentamientos con otras tribus o por enfermedad. También hay una mezcolanza de mascogos viajando con ellos.

–¿Mascogos? –preguntó Teresa.

–Esclavos negros que huyeron de las plantaciones de Georgia y Alabama, luego cruzaron a Florida cuando era territorio español y vivieron entre los semínolas, que en su mayoría eran disidentes creek. Algunos incluso se casaron entre razas. Lucharon contra el gobierno al lado de los semínolas. Muchos hablaban buen inglés y sabían cómo entender la letra chica de un convenio. Semínola significa desprenderse, separarse.

–Nunca había escuchado que los esclavos y los indios vivieran juntos.

–También algunos blancos. Mi abuelo, William Powell, era un tratante blanco.

–¿Les dijiste quién eres a los dos hombres que viste?

Sonny se sentó junto a Teresa.

–No. Imaginaron que pertenezco a alguna raza de la frontera.

Teresa se arrimó tanto como pudo y acarició el cabello de Sonny con suavidad. –Pero eres hijo de Osceola, jefe semínola.

–Jamás me habrían creído.

–Caudillo de un pueblo invicto –continuó Teresa–. Pero no eres uno de ellos, uno de los invictos. Eso es lo que te ha carcomido todos estos años, ¿verdad?

Sonny se encogió de hombros. Teresa apoyó su cabeza en su hombro.

–Deberías estar orgulloso. Desearía tener sangre india.

–Me gusta tu sangre tal como está.

–En vez de la que tengo –agregó Teresa, casi sin aliento.

–Tienes que dejar de hablar así, Teresa. También llevas la sangre de tu madre, no lo olvides.

Teresa sintió que la embargaba un cambio de humor y desvió la mirada.

–Nunca me has contado cómo murió.

–Se le congeló el corazón. ¿Te importaría volver al rancho sin mí, Sonny? Necesito estar a solas un rato.

Teresa montó su caballo y avanzó lentamente por el prado que había en la orilla del pequeño lago del rancho. El animal cojeaba de manera muy notoria, así que desmontó y revisó la pezuña enferma del caballo. Se le había caído una herradura. Teresa vio un diminuto otero de tierra seca en medio del lago donde crecía un sauce. Estaba fascinada por la soledad del escenario. Empezó a caminar a casa con el caballo. Llevaba la cabeza inclinada. Estaba absorta en sus pensamientos.

Royce Box pasaba por el mismo lago, pero no vio a Teresa. Miró súbitamente al suelo y al prado que había en la orilla. Descubrió huellas. Las siguió hasta dar con ella. Se le acercó. Teresa alzó la mirada y sonrió.

–¿Te tiró el caballo?

–No, sólo es una hebilla gastada. Le eché un poquito de saliva.

Royce hizo un ademán señalando su silla de montar.

–¿Quieres subirte? Te llevo a casa.

–Prefiero caminar, gracias.

Royce meneó la cabeza.

–Nunca me ha gustado mucho caminar. Aprendí a montar antes que a caminar.

–Es cuando yo puedo pensar mejor.

–¿Es un hecho? Supongo que podría intentarlo, si no te importa.

Royce desmontó y caminaron en silencio un rato, guiando a sus caballos. Royce nunca había estado a solas con Teresa.

–¿Te importa si te pregunto en qué piensas?

Teresa titubeó y dijo: –Jamás lo imaginarías.

–Entonces tendrás que decirme.

Teresa hizo un movimiento circular con el brazo que tenía libre.

–¿Y si toda esta región fuera agua en vez de pastizal? ¿Qué pasaría si estuviéramos completamente rodeados de agua?

–Tienes razón. Jamás habría adivinado en qué pensabas. ¿Te

refieres a si todo esto fuera un gran estanque, como el que hay allá?

—Sí. Pero lo imagino como un lago, no como un estanque. He soñado con ese laguito y cada vez que sueño eso desearía estar en otra parte.

—Cerca de un océano, quizá.

—También sueño con océanos. De hecho, para ser la hija de un hacendado, me gusta mucho más el agua que el campo.

—Sueñas con lo que no tienes.

Royce la miró de reojo. Ella masticaba una hoja de pasto. Estaba tan absorta en sus pensamientos que parecía estar a un millón de kilómetros de distancia, así que Royce se permitió contemplar a Teresa.

—Bueno, pues . . . Ah, no importa.

—¿Qué dices? Anda, sigue, no seas tímido —dijo Teresa.

—Si todo esto fuera agua y no estuviéramos caminando así estaríamos . . . en una isla.

Teresa alzó la mirada para ver a Royce, deleitada por su respuesta.

—¡Tienes razón! Sólo yo y Royce Box varados en una isla. ¿Quién se habría imaginado eso?

Teresa rio. Él contuvo una sonrisa, se volvió alejando su cabeza de ella y azotó con fuerza las riendas del caballo contra su muslo.

☆

EN UNA feria una multitud generaba un gran bullicio el sábado por la tarde. Llegaron calesas, hombres a caballo, los niños corrían por entre los puestos de comida y otros artículos. Por encima del alboroto se escuchaba la voz de un subastador. Sonny Osceola estaba en la parte de atrás de la feria, con el ganado que los vaqueros y los ganaderos habían traído al pueblo para su venta. Preparaba un caballo para la revisión del subastador. Lo ayudaba un muchacho mexicano. A sus pies había un tazón lleno de huevos. El joven los partió y los mezcló vigorosamente con un palo.

—¡Oye! O-zy-o-la. ¿Qué piensas hacer, servir ese caballo para el desayuno? —la voz de Royce Box retumbó desde lejos.

Se escuchó un estallido de risa burlona de la gente que le ponía atención a Royce. Por un instante Sonny se paralizó al escuchar su apellido tan mal pronunciado. Se volvió con lentitud y buscó a Royce. Lo divisó encaramado sobre la barandilla de la cerca junto con otros vaqueros que formaban una hilera, mirando la acción. Royce sonrió: este era su espectáculo y todos los demás vaqueros gravitaban por completo en torno a él. La mirada de Sonny avanzó a lo largo de la hilera de hombres, con una especie de sonrisa tolerante en el rostro que parecía decir: *Ya me ha pasado esto.*

—Ahora el huevo. Frótalo con fuerza —dijo Sonny a su ayudante en voz muy baja.

El muchacho sumergió una esponja en la mezcla y frotó al potro con ella. La pelambre del caballo relucía bajo el sol. Sonny se veía satisfecho.

—Muchachos: me parece que, por la manera en que está puliendo a ese viejo caballo, O-zy-o-la intenta ocultar algo —gritó Royce.

Dos indios semínolas de más edad que habían llegado al pueblo para comprar provisiones estaban apretujados entre los espectadores. Nadie les prestaba atención. Es más, podrían haber sido invisibles. Miraban a Sonny con gran intensidad. Sonny tocó al muchacho en el hombro, indicándole que prestara atención. Sus manos exploraban los flancos del caballo, el cuello. Con delicadeza retrajo los párpados para echar un vistazo, luego alzó el labio para revisar las encías y todo el tiempo le murmuró al muchacho, instruyéndolo.

—¿Lo ves? Te fijas en las costillas, en lo fuerte que es . . . y sus dientes se ven bien. Y siempre mira los ojos del caballo. A veces puede verse su auténtica naturaleza. Este es un buen animal.

—Tal vez no quiere que el comprador vea el tipo de sangre que corre por las venas de este cayuse —dijo Royce.

Al oír esto los ojos de los dos indios se ensancharon. Uno le dio un codazo al otro y ambos observaron con curiosidad por entre las barandillas para ver mejor. Un tenso silencio cayó sobre ese rincón del ruedo. Con mucho cuidado Royce bajó de la barandilla, se recargó en ella y se cruzó de brazos.

—Pero si un caballo tiene mala sangre no hay manera de ocultarlo.

—Otra posibilidad es que no sea un caballo, Royce. Quizá sea una mula —dijo uno de los vaqueros.

A este comentario le siguió un coro de carcajadas. Sonny tenía los ojos entrecerrados y de alguna forma hizo que todo su cuerpo se relajara. Estaba casi somnoliento. Los dos indios observaron a Sonny atentamente cuando, al ver que no conseguía molestar a su blanco con sus burlas, Royce se irritó.

—¡Los números del diez al catorce, favor de presentarse en la mesa de registros! –gritó el subastador–. ¡Vengan, muchachos! ¡Hay mucho que subastar!

Royce caminó hacia Sonny que ya le había puesto el cabestro al animal, alistándolo para salir.

–No hay que dejar que un caballo de mala sangre se mezcle con los otros –dijo Royce–. No se le puede confiar el equipo del patrón y mucho menos se le puede dar la espalda.

Royce se le cerró a Sonny y se acercó tanto a su rostro que los demás quedaron fuera del alcance del oído.

–No creas que no sé lo que tramas, muchacho. Y no creas que el capitán no lo sabe también. Al juntarte con esos hombres estás apostando a perder.

Sonny lo miró a los ojos.

–Entonces no tienes por qué estar molesto conmigo, ¿cierto? –dijo Sonny y avanzó con su caballo.

Los dos indios asintieron y se esfumaron.

En lo alto de una colina, a espaldas de un enorme peñasco, una pequeña banda de apaches mescaleros miraban detenidamente un pueblito mexicano desde su posición. Se divisaba un pequeño maizal, un par de vacas, un buey y un racimo de chozas de adobe. Los aldeanos desempeñaban sus distintas labores. El cabecilla dio la señal de atacar y los indios montaron sus caballos. Sus gritos de guerra rasgaron el aire. Se abalanzaron sobre la aldea.

–¡Apaches! –gritó un aldeano.

Los mescaleros mataban con arcos y flechas, con cuchillos y rifles. Uno de los saqueadores disparó una flecha tras otra contra una vaca, luego le cercenó la carne mientras el animal aún estaba con vida. Las mujeres gritaban, los niños corrían. La matanza fue salvaje y su contundencia dejaba ver que los asaltantes no temían represalia alguna.

☆

PIEDRAS NEGRAS era un polvoriento pueblo mexicano donde se despachaban los asuntos oficiales relacionados con la frontera. Los personajes que circulaban por ahí eran capaces de todo: contrabandear, secuestrar, cazar recompensas, asesinar o participar en una revolución, cualquiera que fuera. John July y Coyote entraron al pueblo montando a caballo y sin prisa. Coyote estaba completamente vestido de indio, con tocado de grandes plumas, medias de seda blancas y una larga espada al costado. John llevaba un enorme cuchillo estilo Bowie enfundado en el cinturón. Ambos se veían intrépidos, relajados, impasibles ante la mirada de los habitantes. John y Coyote ataron sus caballos y miraron la cantina con un anhelo desbordado. Intercambiaron una sonrisa mordaz. Coyote se relamió los labios de manera exagerada.

—Conversaremos mejor con un traguito de *whisky* —dijo Coyote.

—Este es el tipo de pueblo que tiene más juzgados que iglesias. Primero vamos a encargarnos de nuestros asuntos.

☆

JUAN MALDONADO, subinspector general del estado de Coahuila, y encarnación de la burocracia mexicana, estaba sentado detrás de su escritorio mascando un puro pastoso y lleno de saliva. John y el capitán Coyote se pararon frente a su mesa.

—Señores, es importantísimo que sepan que el presidente les da la más cordial bienvenida a México, a ustedes y a su gente, pero desea que se percaten de que no tenemos ninguna disputa con los Estados Unidos. Ya tenemos bastante de eso aquí. Les pide que respeten nuestras leyes y nuestras costumbres, igual que lo harían en los Estados Unidos.

—Respetaremos su país como una tierra de libertad. Venimos de una nación donde no existe libertad para nuestro pueblo – respondió John.

Maldonado parpadeó rápidamente; no esperaba escuchar una respuesta tan articulada de alguien que había sido esclavo. Coyote miró a John de reojo y habló en dialecto creek.

—Este hombre no dice más que idioteces. Dile que hemos estado luchando contra los Estados Unidos desde antes de que él aprendiera a caminar. ¿Por qué cree que estamos en este país? Podría arrancarle el corazón tan aprisa que ni siquiera le daría tiempo de hacer un sonido.

—Mi amigo y compañero jefe de tribu, el capitán Coyote, me pide que amablemente le haga saber a su presidente que no interferiremos en ningún problema que exista entre la gente de su pueblo. Ni siquiera permitiremos que nuestros niños peleen con niños mexicanos.

No tomaremos partido y respetaremos sus leyes —dijo John.

Maldonado empezó a revolver unos papeles en su escritorio.

—Vamos a expedirles permisos temporales para que vivan a lo largo del Río Grande, hasta que la transferencia de la tierra de Nacimiento, que consiste de mil quinientas hectáreas, sea aprobada oficialmente en la Ciudad de México.

—¿Y eso cuánto tardará? —preguntó John.

—Es difícil saberlo, señor.

John y Coyote intercambiaron miradas: dos negociadores veteranos empezaban a oler algo podrido.

—Mientras esperan a que la tenencia de la tierra se apruebe, establecerán su campamento en El Moral. Desde esa locación al gobierno mexicano le gustaría que nos ofrecieran su ayuda —afirmó Maldonado.

En voz baja, Coyote dijo en dialecto: —Ahí viene.

—El presidente ha escuchado que los semínolas son grandes guerreros. Él solicita que ayuden a México a luchar contra los indios apaches mescaleros y los indios lipanes, así como contra los comanches que asedian a nuestros ciudadanos a lo largo de la frontera, tan lejos de nuestra capital.

—Quieren que hagamos el trabajo sucio —John le dijo a Coyote.

—¡Entonces vamos a necesitar herramientas y más tierra! ¡Y dígale al presidente que no tomaremos ninguna cabellera! ¡Ninguna! —respondió Coyote.

John asintió e hizo como que reflexionaba acerca del acuerdo, caminando por la habitación. Mientras tanto, Maldonado adquirió una actitud de "les das la mano y te toman el pie".

—Notifique a su presidente que aceptaremos su oferta siempre y cuando duplique las hectáreas que se nos van a asignar. También dígale que no tomaremos cabelleras.

Maldonado se encrespó.

–Permítame recordarle que México les está otorgando a usted y a su gente protección contra sus enemigos, señor. No es usted quien hace las peticiones.

–México nos ha abierto los brazos –respondió John–. Pero nuestra sangre pronto se derramará en suelo mexicano. Entonces seremos parte de su país.

Tras una pausa, Maldonado respondió:

–Muy bien, enviaré su petición a la Ciudad de México. Pero esperamos que se enfrenten a los hostiles muy pronto.

–Cabalgaremos contra los indios bárbaros. Pero primero sembraremos maíz. Y de seguro tienen un par de bueyes de sobra.

Coyote le dio un codazo a John.

–Y un proveedor de armas –agregó.

–Y quizás un proveedor de armas, lo que llamamos un herrero-forjador, para hacer herramientas y armas. También . . .

Maldonado agitó la mano en señal de aceptación, impaciente por sacarlos de su oficina.

–Hagan una lista. Se les dará lo que necesiten.

☆

HABÍA UNA multitud reunida en una cantina de mala muerte con piso de tierra y techo muy bajo. Incluidos en la amalgama de personas había dos topógrafos norteamericanos que se distinguían por sus uniformes color kaki con tirantes anchos y sombreros caídos, algunos soldados mexicanos, unos cuantos paisanos que llevaban sombrero y otros turbios personajes. Ninguno de ellos estaba habituado a ver a un hombre negro y a un indio creek de pura sangre, de extravagante atuendo, tomando tequila despreocupadamente en una cantina. Coyote se volvió hacia el gentío, alzó su vaso y produjo un extraño sonido gutural desde la profundidad de su garganta.

—¡Sauu!

—Un silencio inmediato cayó sobre la cantina. Luego uno de los topógrafos norteamericanos soltó una risotada y se volvió hacia su compañero.

—El indio piensa que está diciendo "¡salud!" —gritó.

Coyote no entendía por qué no habían aceptado su brindis. John lo miró, inquisitivo.

—¿Qué pensaste que estabas diciendo? —preguntó John.

—Una vez, en Florida, un soldado me pidió que dijera eso. Me aseguró que significaba "buenas".

—Intenta otra vez.

—¡Sa-WYYY!

Hubo una explosión de risa elogiosa. Los miembros del contingente mexicano elevaron sus vasos y gritaron:

—¡Sa-WYYY!

La cantina estalló en una animación contagiosa. Todos participaron, excepto los dos topógrafos norteamericanos. Uno de ellos, Stevens, miró directamente a John . . . y a su gran cuchillo Bowie.

—Ese enorme moreno debería estar piscando algodón en Texas —dijo Stevens— en vez de invadirnos y ponerse a beber en una cantina para blancos.

—Esto es México, no Georgia —dijo su colega—. Y por si no te has dado cuenta, aquí los blancos estamos en franca minoría.

—Maldición, esto no tiene nada que ver con el lugar de donde provengo. Ese negro es propiedad de alguien.

—Yo no estaría tan seguro. Simplemente podría ser uno de esos negros semínolas que se han dejado caer hacia el oeste. Ellos son distintos.

—¿Eso qué tiene que ver? La esclavitud todavía es legal en la Confederación y sigue siendo legal en Texas.

—A lo mejor es uno de esos prófugos que logró llegar a los pantanos de Florida. Uno de los que se mezclan con los creek. No hay duda de que tiene sangre india. Andy Jackson casi enloquece aquí. Nunca se rindieron.

Stevens se quedó pensando en eso mientras seguía evaluando a John. Se incorporó, caminó lentamente hacia la barra y le dio a John un golpecito en el hombro.

—¿Le importa si le hago una pregunta?

—Desde luego que no, respondió John.

El lugar quedó en silencio. Uno de los mexicanos, con bandoleras cruzadas sobre el pecho, le dio un empujoncito a su compañero de bebida y sonrió.

—¿Eres un negro-pisca-algodón o un indio mestizo?

El capitán Coyote posó una mano sobre la empuñadura de su espada y afrontó al cuarto entero, revisando con la mirada a cualquier adversario potencial con el que pudiera surgir una riña. John no movió un solo músculo ni mostró la más mínima señal de temor o ansiedad.

–Ninguno de los dos. Soy semínola.

–A mí me huele a que eres negro –respondió Stevens.

Coyote desenfundó su espada antigua que hizo un chirrido oxidado. Algunos hombres llevaban armas de mano pero la espada de Coyote dominó su atención.

–*Mister*, su nariz lo traiciona. Lo que usted huele es la podredumbre de su cerebro.

John esquivó el primer puñetazo de Stevens, le dio la vuelta, con un solo movimiento desenfundó su cuchillo Bowie y le cortó limpiamente los tirantes por la espalda. El topógrafo se volvió en un intento por lanzar otro puñetazo pero era demasiado tarde: los pantalones le cayeron hasta los tobillos y torpemente se lanzó hacia el suelo. Hubo un breve silencio seguido del estruendo de risa estupefacta. John y Coyote se miraron; ninguno de los dos reía. John asintió, Coyote enfundó su espada, bebieron de un golpe y salieron de la cantina mientras el humillado topógrafo luchaba por incorporarse.

☆

MUCHOS SEMÍNOLAS estaban ocupados en El Moral con sus actividades domésticas en la parcela de desierto otorgada por las autoridades mexicanas. Con bueyes y arados sembraban maíz. Un diminuto arroyo corría a la orilla del campamento. John y Coyote veían todo desde su punto de observación. El arado producía grandes nubes de polvo cuando levantaba la tierra árida.

—¿Podemos sembrar maíz en este terreno? —preguntó Coyote.

—¿Preferirías regresar a los Everglades?

Coyote hizo un gruñido.

—Nacimiento está en un valle donde confluyen tres ríos. Hay pasto y buena protección contra los enemigos.

—¿Qué tan lejos?

—Dos días a caballo. Quiero que lo veas.

—Ya lo he visto a través de tus ojos.

—Será un buen hogar.

—Entonces lo conseguiremos. Pero primero tenemos que entender cómo piensan estos mexicanos.

☆

COYOTE Y un grupo de diez semínolas seguían un rastro bajo el sol del desierto. Algunos iban a pie, con los ojos clavados al suelo, otros iban serpenteando a caballo. Avanzaban en silencio. De pronto Coyote hizo unas veloces señas con la mano. Los que iban a pie montaron sus caballos y se dirigieron hacia donde él había indicado.

☆

EN UN campamento apache –oculto como un santuario, en un angosto cañón–, un pequeño grupo de apaches descansaba de su más reciente incursión. Sus caballos descansaban al otro extremo del barranco. Apenas había caído la noche.

Arriba, al borde del desfiladero, Coyote y sus hombres miraban hacia abajo. Coyote hizo una seña y dos de sus hombres, con la ayuda de unos troncos secos, levantaron una serie de peñascos grandes que se transformaron en una gran avalancha y cayeron directamente sobre el campamento apache. Abajo, se desató el desastre. Seis de los hombres de Coyote se desplazaron entre los caballos y los desataron. El esquema de distracción funcionó perfectamente. Se detonó una estampida de caballos desbocados con los hombres de Coyote a bordo. Fue una incursión de una velocidad increíble. Los apaches los persiguieron un corto trecho, luego se detuvieron y se miraron, atónitos.

☆

SONNY PARCHÓ un segmento de cerca de alambre de púas en el rancho Dupuy. Cass Dupuy llegó a caballo y le hizo una señal para que se acercara. Sonny dejó sus herramientas y caminó hacia un costado del caballo de Dupuy, quien le entregó un papel.

—Cuando acabes aquí, ve al pueblo a recoger estos suministros. Lo mejor será que te lleves la carreta para que traigas forraje —dijo Cass.

Sonny revisó la lista y asintió.

—¿Has visto a mi hija?

—No, señor. Pero su caballo no está en el corral.

☆

DETERMINADA Y temeraria, Teresa galopaba a través de un pastizal cubierto de salvia. Tenía un semblante de euforia por la sensación de libertad que la invadía en aquel momento de absoluta privacidad. Cuando a la distancia divisó a un hombre con una carreta, se detuvo en seco. Teresa se paró en los estribos, se protegió los ojos del sol e identificó a Sonny. Estaba a punto de gritar su nombre pero cambió de opinión, satisfecha de observarlo en secreto. De inmediato espoleó a su caballo con fuerza.

—¡Yaa-aah! —gritó.

Cuando Sonny escuchó ese grito agudo y la vio acercarse, tiró de las riendas para acelerar el paso de la carreta. Teresa cabalgó hasta el camino que estaba frente a él y dio vueltas alrededor de la carreta, sonriendo pero sin decir nada. Sonny se limitó a mirar al frente, como si no la hubiera visto. Teresa cabalgó junto a la carreta, con habilidad saltó de su caballo a la plataforma de atrás, donde ató al animal.

—Buenas, forastero. Qué buen clima estamos teniendo, ¿verdad?

—Claro que sí, doña, sobre todo considerando que estamos en el sur de Texas.

¿Es usted de por aquí o voy a tener que perseguirla hasta los confines del mundo?

Los dos estallaron en carcajadas.

☆

SONNY Y Teresa llegaron a la calle principal del bullicioso pueblito de Eagle Pass, una ruta muy socorrida para ir a California durante la fiebre del oro. Había muchos comercios. Teresa apuntó hacia una carreta estacionada con un letrero toscamente escrito sobre una lona: ¡CALIFORNIA: ALLÁ VAMOS!

Cuatro mujeres y un barbado minero –de esos de la fiebre del oro del 49 que estaba inclinado– miraban el almacén general. Ellas examinaban al buscador de oro –terregoso y agotado–, que compraba suministros.

–. . . todo el tabaco para mascar que pueda darme y, ya que está en eso, un par de libras de café –dijo el hombre.

–Sólo puedo darle dos sacos de tabaco. ¿Cree que todavía quede un poco de oro para cuando usted llegue a California?

–Por Dios que acaba usted de plantear la gran pregunta, sin lugar a dudas. Si dos sacos de oro me hicieron llegar hasta aquí, quizá pueda tener una oportunidad.

El minero del 49 revisó la primera plana de un periódico que estaba sobre el mostrador mientras el dependiente surtía su orden.

–¡Maldita sea!

El dependiente se volvió para mirarlo.

–¡Maldita sea! ¡Imagínese!

La campanilla de la puerta de la tienda tintineó cuando Sonny y Teresa entraron. Todas las miradas se posaron sobre ellos. Una de las mujeres, la señora Conover, parecía estar impactada por la presencia de la pareja.

—Qué tal, señora Conover. ¿Cómo le va? —preguntó Teresa.

—Bien, Teresa, bien.

La mujer miró a Sonny con recelo y luego intercambió una mirada nerviosa con otro comprador. Entretanto el minero del 49 pagó su cuenta. Aún parecía estar impactado por lo que acababa de leer en el periódico.

—Nunca se sabe hasta dónde es capaz de llegar la gente —dijo el minero que hablaba sobre todo para sí mismo. Luego, le comentó al dependiente:

—Bueno, pongo pies en polvorosa. Le agradezco mucho.

Tomó su mercancía y se dirigió a la puerta.

—Oiga, dicen que viene una gran tormenta de México. Tal vez prefiera dormir aquí esta noche y emprender su camino mañana —dijo el dependiente.

El minero del 49 hizo un ademán con la mano y salió.

—¿Qué va a ser? —preguntó el dependiente a Sonny.

Sonny le entregó la lista que le había entregado Dupuy. Teresa se quedó mirando las cosas de la tienda en su mejor esfuerzo por evitar una conversación con las señoras que estaban ahí. Sonny le echó un vistazo al periódico que estaba sobre el mostrador. Muy poco a poco la conmoción del reconocimiento lo invadió y emitió un sonido agudo pero reprimido. Teresa reaccionó instintivamente y se acercó a Sonny, quien había dejado caer el periódico y retrocedido varios pasos. Teresa levantó el periódico y leyó: "CABEZA DE CONOCIDO JEFE SEMÍNOLA HALLADA EN EL INCENDIO DE LA CIUDAD DE NUEVA YORK". Un gran dibujo de la espantosa cabeza reducida de Osceola, el padre de Sonny, ilustraba el artículo. El periódico se sacudía en manos de Teresa conforme leía la nota. Todos los clientes quedaron impávidos y sólo el dependiente terminó de despachar la orden de Sonny. Con expresión horrorizada, Teresa dejó el periódico en el mostrador y miró a los clientes. Por fin, el dependiente habló, con la mirada fija en Sonny.

–Van a ser cuatro dólares y setenta y dos centavos, Sonny. ¿Lo pongo en la cuenta del señor Dupuy?

Con un movimiento veloz Sonny sacó su cuchillo y lo clavó violentamente en el periódico, prensándolo al mostrador. La hoja del cuchillo tembló exactamente sobre la palabra "INCENDIO".

Desconsolada, Teresa sostenía las riendas de la carreta. Conducía con suficiente velocidad como para que su propio caballo, amarrado a la parte trasera, fuera a medio galope para alcanzarla. Sonny iba sentado junto a ella, inclinado, con la cabeza entre las manos.

En el desierto el viento azotaba un fuerte militar abandonado. Se gestaba una tormenta de arena. Teresa fustigó la carreta hasta el fuerte, sobresaltando a dos burros salvajes que se paseaban cerca de uno de los deteriorados edificios. Sonny se bajó de un salto y caminó en círculos, primero en una dirección y luego en la otra, evidentemente tratando de controlar sus emociones. No dejaba de agarrarse la cabeza como si le doliera. Teresa no sabía qué hacer y lo miraba, aún con las riendas en las manos. El viento bramó y cayeron nubes de polvo sobre ellos.

–¡Sonny! ¡Ay, Sonny, madita sea!

–Dime qué decía. Palabra por palabra –exigió él.

Teresa bajó de la carreta de un salto y corrió hacia él.

–¿A qué te refieres, Sonny? No . . .

–¡No sé leer!

–¿Qué dices?

Ella trató de abrazarlo pero él la rechazó.

–No importa. ¡Dime!

Comenzó a llover. Teresa señaló un edificio vacío pero Sonny la detuvo.

–¡Ahora! –gritó.

–Decía . . . decía que el médico que acompañó a tu padre en su lecho de muerte le cortó la cabeza como recuerdo. Cada vez que quería castigar a su hijo la colgaba en el pilar de su cama.

Teresa imaginó la escena. Un niño de seis años, mudo de terror, gritando en la noche sin hacer un sonido al ver la cabeza empalada de Osceola. Las lágrimas corrían por el rostro de Teresa mientras veía a Sonny.

–Luego este doctor se la dio a un amigo que vivía en Nueva York. Su casa se incendió hace unos días y encontraron . . . la cabeza . . . entre los escombros del incendio.

–Yo estaba con él cuando murió en el Fuerte Moultrie, en Carolina del Sur. Tenía tres años. Todo este tiempo pensé que había recibido una sepultura honrosa.

La tormenta arreció. Llovía a cántaros. Sonny gritaba por encima del rugir de la tormenta.

–¿Qué clase de hombre haría eso? ¿No han hecho ya suficiente contra nosotros? ¡Quieren guardar pedazos de nuestro cuerpo de recuerdo para asustar a sus hijos! –Sonny echó la cabeza hacia atrás y lanzó un grito terrible.

–¿Qué clase de personas son ustedes?

☆

CASS DUPUY y Royce Box jugaban Gin Rummy en el estudio. En la mesa había una botella de *whisky* y dos vasos. Los hombres analizaban sus cartas en silencio.

—Gin —dijo Dupuy, exponiendo sus cartas.

—Maldición. No lo vi venir.

—Nunca lo ves.

Dupuy tomó un sorbo de *whisky*, reunió sus cartas, las barajó mientras estudiaba a Royce.

—Ayer me topé con un agente algodonero cerca de Eagle Pass.

—¿Un qué?

—Un tipo que maneja la venta del algodón, lo que se llama un intermediario.

Dijo que en el este de Texas están pagando hasta mil doscientos por un buen peón, si tiene buena salud.

Royce estudió sus cartas.

—Se me ocurren otras maneras de gastar mi dinero que no sea persiguiendo negritas al otro lado del río.

—Ya tengo a unos hombres para ir a la frontera mañana en la noche. ¿Vienes? —preguntó Dupuy.

Box no dijo nada, sólo analizó sus cartas. Dupuy se sirvió otro trago y llenó el vaso de Royce.

—¿Teresa está enterada de esto? Puede ser que no le caiga muy bien que su papito ande persiguiendo esclavos.

—Teresa nada tiene que opinar al respecto.

Royce lo miró con sarcasmo. Dupuy se emborrachaba.

—¿Cuántos hombres tienes?

—Diez. Doce con nosotros.

Box pareció incómodo.

—Demonios, es un negocio, Royce. Esos negros son propiedad del gobierno de los Estados Unidos. Además, ¿qué otra cosa pueden hacer un par de decrépitos *rangers* para divertirse un poco? Sólo vamos a cruzar de puntitas a agarrar a unos cuantos.

—¡Gin! —dijo Royce.

Las cartas cayeron sobre la mesa.

—Hijo de puta. Me haces hablar y luego me emboscas.

Royce barajó las cartas y Dupuy lo miró atentamente.

—¿Por qué no duermes aquí? Por la mañana veremos si aún podemos matar un par de liebres.

—¿Quieres que nos acompañe Teresa? Ella tira mejor que cualquiera de nosotros dos.

—Déjala fuera de esta conversación —respondió Dupuy con el ceño fruncido.

Royce estaba a punto de decir algo pero lo juzgó menor y se concentró en las cartas.

☆

EN LA casa todo estaba en silencio. Había luna menguante y muchas estrellas. Un perro aulló a lo lejos, un caballo relinchó en alguna parte cerca del granero. El rancho descansaba. Sonny yacía sobre su espalda, completamente despierto, mirando la luna a través de una ventana. Escuchó un grito. Se incorporó e hizo un esfuerzo por oír cualquier sonido que le siguiera.

En un pasillo oscuro la voluminosa figura alcoholizada de Cass Dupuy se mecía hacia adelante y hacia atrás frente a la puerta de la habitación de su hija. Apenas si podía mantenerse en pie. Tomó el picaporte y trató, una vez más, de abrir la puerta.

Aterrada, Teresa —en camisón de dormir— sujetaba la perilla de la puerta mientras su padre intentaba forzar la entrada. Jadeaba y resoplaba, desesperada y muerta de miedo, y logró atorar una silla contra la puerta.

—¡Aléjate de mí! —gritó Teresa.

Royce Box, en calzoncillos largos, se deslizó por detrás de Dupuy, le echó una cobija sobre la cabeza y lo tiró al suelo. Dupuy se resistía. Royce le asestó un par de fuertes golpes en la cabeza.

—¡Cass, por Dios santo, hombre, contrólate!

Box incorporó a Dupuy. Dupuy lanzó un gemido agónico. Royce lo llevó a empellones por el corredor, de un golpe abrió la puerta de su dormitorio y lo lanzó dentro. Dupuy gritó y luego se estrelló contra el suelo.

Todavía en camisón y enloquecida de miedo, Teresa destrabó

la silla de la puerta, la abrió y salió corriendo de la casa. Entró de golpe al cuarto de Sonny y se lanzó a sus brazos, temblando con violencia.

—No me preguntes, por favor no me preguntes. Sólo abrázame. Por favor, por favor, por favor.

Sonny la abrazó y le acarició el cabello con dulzura pero su mente estaba enardecida.

☆

CASS DUPUY estaba sentado en su escritorio atendiendo los asuntos del rancho. Sonny, a la espera, se movió lentamente por el cuarto, mirando las docenas de retratos familiares que había en las paredes, así como placas y premios, recuerdos de la vida del capitán Dupuy, *ranger* de Texas. Miró de cerca una fotografía en especial.

—¿Esta sería la señora Dupuy? —preguntó Sonny.

—Así es.

—Era una mujer muy guapa.

Dupuy alzó la vista:

—Lo era. Aquí está tu salario.

Sonny cruzó el cuarto y tomó el dinero.

—Fuiste un buen peón. ¿Adónde irás ahora? —preguntó Dupuy.

—Ah, supongo que al oeste. California. A obtener algo de ese oro, tal vez.

—Deberías sentar cabeza en algún sitio y quedarte ahí. Está llegando el tiempo en el que ser mestizo ya no te va a perjudicar.

Ese comentario tomó a Sonny por sorpresa. Sonny no extendió la mano para que Dupuy se despidiera de él.

—Hasta luego, capitán Dupuy.

☆

EL RANCHO estaba oscuro como boca de lobo. Había apenas una docena de hombres a caballo. Los animales estaban nerviosos; los hombres, exaltados con una energía y una irritación mínimamente reprimida. A la distancia, a los relámpagos siguió el rugir de truenos. Cass Dupuy y Royce Box se les unieron y se escuchó un intercambio de murmullos. Se fueron del rancho a todo galope.

En el cuarto de arreos Sonny empacó su equipo bajo la luz de una lámpara de querosén. La apagó de un soplido y se disponía a salir al granero cuando, desde el otro extremo, Teresa apareció sigilosamente en la oscuridad. Estaba vestida para huir: en una mano tenía un rifle, en la otra, una mochila desgastada de cuero y un cinto ancho de color brillante en la cintura. En sus ojos refulgentes podían verse su inquietud y determinación. Ella y Sonny cruzaron miradas y en un instante se leyeron el pensamiento a la vez que el sonido de la cuadrilla de Dupuy se diluía.

Teresa y Sonny cargaron sus pertenencias azotándolas contra la silla de los caballos que ya estaban listos. Ella fue la primera en acabar. Luego fue hacia el caballo de Sonny y lo ayudó. No hablaban, el único sonido era el del empellón y el rechinido del cuero, el retumbar de los truenos a la distancia. Juntos hacían las cosas con agilidad, como viejos peones.

Montaron y se fueron a galope.

☆

UNA LLUVIA torrencial enturbió el Río Grande que ya estaba de por sí crecido. Un centinela semínola, sentado bajo un álamo en su caballo, estaba quieto como una estatua.

De pronto, azotó al caballo y galopó hacia el sur.

☆

LA LLUVIA se detuvo al amanecer. En el campamento semínola ya había una actividad frenética. Los centinelas habían avistado a Dupuy y a su grupo. Ensillaban los caballos, repartían municiones y las mujeres reunían a todos los niños. John July y el capitán Coyote iban y venían a caballo por entre los guerreros.

—¡No disparemos hasta que estén de este lado de la frontera! —ordenó John July.

—¡Manténganlos contra el río! —gritó Coyote.

☆

AL AMANECER, con Dupuy a la cabeza y Royce Box siguiéndolo de cerca, la cuadrilla zambulló a sus caballos dentro del veloz y creciente Río Grande.

Después de cruzar, desde la arboleda de álamos podía escucharse el sonido de disparos, el silbido metálico y el ruido sordo de las balas y los gritos en dialectos indios. Los hombres de Dupuy se resguardaron detrás de los caballos caídos para desde ahí disparar a los semínolas. Parecían estar sobrepasados en número. El río quedaba a sus espaldas. Royce y Dupuy se acuclillaron lado a lado.

—¿Y ahora cómo salimos de esta? —preguntó Box.

—No son más de veinte. Intentemos flanquearlos. No tenemos mucho que perder.

—Es fácil para ti decirlo. Yo soy el que tiene futuro.

—Demonios, Royce, si tu futuro se parece a tu pasado entonces no hay de qué preocuparse. ¡Vamos!

☆

DUPUY Y su pandilla regresaron vadeando por el río. Llevaban consigo a sus muertos y heridos. Mientras se retiraban Box lanzó un par de tiros sin sentido. Dupuy no miró atrás.

☆

SONNY Y Teresa se acostaron, uno cerca del otro, a pasar la noche en las afueras de Del Río, Texas. No lejos, una pequeña fogata titilaba iluminando sus rostros. Estaban tendidos, mirando las estrellas.

—¿Cuándo cruzamos la frontera? —preguntó Teresa.

—Uno o dos días más. No confío en ese viejo. Él cree que me dirijo al oeste y eso es exactamente lo que quiero que crea.

—No tendrá importancia. Tarde o temprano va a reunir a cada maldito *ranger* que haya en el estado de Texas para venir a buscarme.

—¿Te arrepientes?

—Uh-uh. Estoy exactamente donde quiero estar.

—Me gusta andar así libre contigo. Creo que después de que crucemos la frontera daremos vuelta y empezaremos a buscar a las tribus. Sé que puedo hallar su rastro.

—¡Es muchísimo terreno!

—Los hallaremos.

—Cuando logremos encontrarlos quizá no me acepten. Si quieres que frente a ellos me comporte de otra manera cuando esté contigo tienes que decírmelo.

—¿A qué te refieres con *otra manera*?

—Ya sabes, si quieres que mantenga mi distancia.

Teresa se le arrejuntó.

—No. Somos tú y yo. Así son las cosas. Ellos se van a dar cuenta.

—Esperaba que dijeras eso.

Teresa lo besó tan fuerte como pudo.

☆

MARCELLUS DUVALL, un portavoz indio, descendió de su carreta frente al edificio del capitolio en Austin, Texas. Era un hombre entrometido y vanidoso. Un asistente le entregó un portafolio, luego se hizo a un lado mientras Duvall subía las escaleras del edificio. Un anciano sentado en una silla dormitaba bajo el sol. Duvall se detuvo y miró al hombre con desaire antes de hacerse a un lado adrede para seguir subiendo las escaleras.

En la oficina del gobernador Peter Bell, él y su ayudante, Rufus Mayberry, recibieron a Duvall quien se quitó el sombrero, dejando a la vista su grasoso cabello peinado hacia atrás partido exactamente a la mitad. El gobernador se notaba incómodo.

—Confío en que haya tenido un viaje sin eventualidades, Señor Du-vawl. Florida está muy lejos de aquí, incluso para un portavoz indio —dijo el gobernador.

—Oklahoma, señor.

—Disculpe. Oklahoma. Aún siguiendo el rastro de los semínolas de Florida, a eso es a lo que me refería. ¿Y qué puede hacer el estado Texas por usted, señor Du-vawl?

—Gobernador, estoy sumamente preocupado por los esclavos prófugos que están viviendo entre los miembros de mi tribu creek a lo largo de la frontera con México.

Mayberry lanzó una mirada de escepticismo a su jefe.

—Pues por lo que he escuchado, algunos negros —por lo menos algunos de ellos— se han mezclado con los indios. Los consideran familia.

—Eso no tiene importancia, señor. El punto es que están

tentando a esclavistas que provienen de su estado –dijo Duvall.

El gobernador Bell se encrespó un poco.

–Supongo que se refiere al reciente ataque cerca de Eagle Pass –dijo.

Duvall asintió.

–¿Y qué quiere usted que haga? Texas aún es un estado esclavista, le guste o no.

–Los esclavos que viven con los indios son propiedad del gobierno. Mi labor consiste en llevarlos de vuelta al mercado y he sido autorizado para ello. Con su anuencia oficial, desde luego.

–Me parece que a los semínolas, y también a los negros, se les ha invitado a vivir libremente en México.

–Los negros no tienen derechos, gobernador. Son fugitivos de la justicia.

–Permítame recordarle, señor, que el estado de Texas acaba de salir de una guerra con los mexicanos. No busco problemas con su gobierno.

El gobernador alzó la mirada pidiendo ayuda a Mayberry.

–Señor Duvall, informaremos a la legislatura de su preocupación y emitiremos un comunicado como corresponde. Vamos –dijo Mayberry.

–¿Quién es el hombre que encabezó el ataque a Piedras Negras, este capitán Dupuy? ¿Bajo auspicios de quién está operando?

El gobernador Bell enrojeció y se puso de pie dando por terminada la entrevista. Extendió la mano.

–El capitán Dupuy es asunto mío, señor Du-vawl y nos encargaremos de él como corresponde. Mientras tanto, disfrute su estancia en nuestra ciudad.

Mayberry acompañó a Duvall hasta la puerta, luego regresó al escritorio con una sonrisa contrita.

–Yo diría que busca obtener un mejor precio por los esclavos a través de sus propios contactos.

—¿Qué demonios está pasando exactamente del otro lado de la frontera?

—Mis contactos me dicen que es una situación muy inusual. Los fugitivos no están subordinados a los semínolas. Al parecer viven separados pero en igualdad de condiciones, en campamentos contiguos. Ambos son pueblos de guerreros consumados. No olvide, ellos lucharon en la guerra más prolongada en la historia de este país. Se resguardaron en esos pantanos de Florida e hicieron que el viejo Hickory se viera como un tonto. Nunca se les ha podido quebrar. Por el momento el gobierno mexicano los está usando para luchar contra los comanches y los apaches a cambio de un poco de matorral. Cuando dejen de necesitarlos, sin duda tratarán de enviarlos de regreso por acá.

—Bueno, tenemos asuntos más apremiantes que atender — dijo el gobernador.

—Pero Duvall tiene razón en algo: ¿Qué hacemos con el capitán Dupuy? No podemos dejarlo allá actuando como justiciero.

—Conozco a Cass Dupuy desde hace treinta años. Fue uno de los mejores *rangers* que jamás haya tenido el estado de Texas. Luché a su lado en San Jacinto.

—¿Es verdad que es esclavista?

—No lo creo. Me parece que lo que sucede es que es un hombre febril. Debes recordar que hombres como él formaban parte de la República de Texas. Detestan que se les haya anexado a los Estados Unidos casi tanto como odiaron que México reclamara. No hay gobierno con el que él se sienta a gusto. Escuché que, desde que murió su esposa, el comportamiento de Dupuy se ha vuelto impredecible. Veré qué puedo hacer para encontrarlo.

☆

EN LA sección mexicana de San Antonio muchos perros y niños jugaban en las calles polvorientas frente a las casas de adobe. Royce Box pasó a caballo junto a ellas con su mejor atuendo. Examinó las casas para encontrar la que buscaba. Cuando la halló, se detuvo, desmontó y ató su caballo a un poste. Dentro de la casa, Lupe Velásquez, madrastra de Royce, abrió la puerta. Lupe tenía casi setenta años. Era una mexicana de apariencia desgastada. Royce la abrazó con rigidez. Ella le dio unas palmaditas, abrazándolo unos segundos.

—¿Cómo está, madrecita?

—Muy bien, hijo. ¿Y usted?

—Ay, ando de vago, como de costumbre —respondió.

—Se le ve muy apuesto. Como su papá.

Lo condujo hasta una estancia anodina pero pulcra. Se sentaron. A sus espaldas, un rayo de sol se posó en la pared amarilla. Hubo un largo silencio hasta que Lupe prosiguió:

—¿Le gustaría tomar algo? ¿Una cerveza? ¿Café?

—No, gracias. Ya casi tengo que irme. Sólo quería saber cómo estaba.

Él la estudió un momento con una expresión de genuina ternura. Metió la mano al bolsillo de su camisa y sacó un sobre.

—Aquí hay una cosita.

Ella miró el sobre pero no hizo ningún ademán para tomarlo.

—No es necesario. ¿Por qué hace eso cada vez que viene a verme?

—Es lo menos que puedo hacer.

Royce posó el sobre en una mesita que tenía cerca. Lupe estudió su rostro con gran atención.

—¿Ya se casó?

—Ya va a empezar. La misma pregunta de siempre. Ya es para que me conociera usted, madrecita. No soy de los que se casan.

—Tampoco lo era su padre y se casó: dos veces.

Royce asintió y le devolvió una sonrisita.

—¿Cómo está el señor Dupuy? ¿Todavía lo ve?

—Más malgenioso que nunca.

—Me apenó mucho lo de su esposa.

—Sí. Era una buena mujer.

—¿Cómo murió?

—Podría decirse que se le agotaron las ganas de vivir. ¿Madrecita: le hace falta algo en especial? Cualquier cosa que yo pudiera . . .

—No, hijo. No necesito nada.

—Pues entonces más vale que me ponga en marcha.

Royce se incorporó, sombrero en mano. Lupe se levantó con lentitud y alzó la mirada para verlo.

—Sólo hay una cosa que quisiera: que usted encontrara la felicidad.

Royce la miró fijamente, luego volvió a sonreír.

—Se lo agradezco, madrecita. Cuídese mucho.

Se puso el sombrero y se marchó.

☆

EN EL rancho de los Dupuy, Royce avanzó lentamente por el sendero que llevaba a la casa principal. Cass Dupuy, zarrapastroso y sin afeitar, estaba desplomado sobre la mesa de la cocina. Frente a él, una botella de *whisky*. Escuchó que alguien tocaba en la puerta trasera pero no se levantó. Volvieron a tocar, esta vez con más fuerza.

—Cass, ¿estás ahí?

No hubo respuesta así que Royce entró a la cocina y evaluó la situación. El lugar estaba hecho un desastre: había platos sucios apilados por doquier, sobras de comida en el piso. Fue a la estufa para llenar la cafetera con agua.

—¿Dónde demonios has estado? —preguntó Dupuy.

—Tenía que arreglar unos asuntos en *San Antone*. Deberías haberme acompañado. Me topé con un burdel increíble. ¿Alguna vez has estado con una puta china de una sola pierna? Se llamaba Sáltale.

Dupuy no sonrió. Tomó un sorbo de *whisky* y luego los dos hombres se miraron.

—Pero veo que aquí has estado llevando una vida de lo más productiva —dijo Box.

Se dirigió hacia Dupuy y posó su mano sobre su hombro. —Creo que es tiempo de que salgas de esto, Cass. Ella se ha ido. Es todo. Tenía que irse de casa algún día.

—Ni siquiera se despidió de mí. Y ¿qué te hace pensar que se fue de casa? ¿Qué tal si ese mestizo la secuestró?

—Carajo, qué importa. A estas alturas, él ya debe de estar a medio camino de California.

—Eso no es factible. Siento pena por el hombre que trate de robarse a esa mujer. Tiene la arena metida en las venas.

La cara de Royce adquirió una expresión extraña.

—¿Por qué piensas que se dirige a California?

—¿Sabes algo que yo no sepa?

—Pienso que Osceola tenía todo esto planeado.

Cuando Royce dijo esto pronunció *Osceola* correctamente.

—Continúa.

—Hace un par de semanas fui al cuarto de arreos a tomar una brida. Tenía todas esas cosas indias —supongo que podríamos llamarlos recuerdos o suvenirs— desplegados sobre su catre. Todos estaban bien arreglados, como si se los mostrara a alguien especial.

—¿Él sabía que los semínolas están en México?

—Al ser mitad semínola, decidió llevar a Teresa a conocer a su gente. Si es o no para siempre, nadie lo sabe—. Hizo una pausa. —Sólo es una intuición, Cass.

—Así que intentó librarse de mí diciendo que se iba a California. Si eso es cierto, es hombre muerto. Voy a seguir a ese hijo de puta hasta el mismísimo Hades.

—Voy a tener los oídos bien abiertos, pero no podemos salir disparados a México como si fuéramos dueños del lugar. Recuerda qué pasó la última vez.

—No voy a tolerar que Teresa viva con esos sacacuartos.

—Lo que necesitamos es una fachada. Necesitamos ser legales, y para ello se requiere esperar el momento oportuno. Lo sabes tan bien como yo —dijo Royce.

—De una u otra manera, voy a ir tras él. ¿Crees que voy a dejar que un arrastrado como él se robe a mi hija?

—¿Quién dice que la robó?

Dupuy analizó el rostro de Box y dijo:

–Nadie se lleva lo que me pertenece sin pelear por ello. Y como dijo ese marinero inglés: aún no comienzo.

☆

MÁS TARDE, ese mismo día en el rancho, Royce Box caminó lentamente por el corredor. Se detuvo a mirar la que había sido la habitación de Teresa.

Vacilante, entró al cuarto de una pulcritud increíble, ordenado, y muy femenino considerando las maneras masculinas de Teresa. Royce también lo percibía al recorrer los detalles con su mirada. El hecho de que ella se hubiera fugado con Sonny Osceola le pegó duro. Luchaba contra la idea de que su furia y su devastación fueran producto de su enamoramiento.

☆

SONNY Y Teresa avanzaron lentamente hasta llegar a un pueblo mexicano. Sonny se había quitado el sombrero Stetson y ahora llevaba un pañuelo semínola en la cabeza. El cabello largo de Teresa estaba atado con un hilo de cuentas debajo de un sombrero negro de ala plana. Ambos se sentían felices, aunque acalorados, fatigados y sedientos después de la larga cabalgata. Las pocas personas que estaban afuera en el calor del mediodía detuvieron sus actividades para mirar a los extraños que llegaban y, sobre todo, a la gringa con la fajilla rojo brillante.

Algunos pobladores comían y bebían en una cantina fresca y oscura. Un guitarrista tañía su instrumento con suavidad. Sonny avanzó con cautela hacia la barra y asintió a los otros clientes. Tres hombres bebían de pie. Le lanzaron a Sonny una mirada y él la devolvió.

—Buenos días, señor —le dijo Sonny al cantinero.

—Buenos días, amigo.

—Dos cervezas, por favor.

—Y dos tequilas.

Teresa se metió rápidamente. Su orden se escuchó más fuerte que la música de guitarra e hizo que los clientes se rieran. Con una amplia sonrisa, Teresa acompañó a Sonny en la barra. Se mecía con la música. Cuando sirvieron el tequila, Teresa se echó sal en el reverso de la mano, bebió de un trago y después chupó un cuarto de limón.

—Busco a mis hermanos —dijo Sonny—. Los indios americanos: los semínolas.

—Por aquí sólo hay mescaleros. Los indios bárbaros. Hombres muy malos —respondió el cantinero.

—Al este, señor, cerca de la Sierra Madre. Hemos escuchado que allá los indios y los negros viven juntos —dijo un cliente.

—¿A cuántos días a caballo? —preguntó Teresa.

—Por lo menos cuatro. Quizá más. Es una cabalgata larga y pesada a través de territorio apache, señorita.

—¿Por qué no me dice *señora*?

El desconocido le sonrió e hizo una ligera reverencia.

—Discúlpeme si me equivoqué . . . *señora*.

Teresa se rió.

—Sírvales un poco más de tequila a estos amigos de la barra —le dijo Teresa al cantinero.

Los clientes reaccionaron ante su acto de generosidad con sonidos de aprobación.

—¿Qué tipo de rifle tienen? —le preguntó un hombre a Sonny.

—Los dos traemos el nuevo Winchester. Pero ya casi nos quedamos sin municiones. ¿Sabe dónde podemos conseguir?

—Podemos ayudarte, si traes dinero. ¿Tu señora sabe disparar?

—Coloca ese vaso de tequila sobre tu cabeza y verás —respondió Teresa.

—Me daría miedo que el tequila fuera el que disparara —dijo.

Todos rieron. El primer hombre los saludó a ambos, se levantó y le dio a Sonny una palmada en la espalda.

—Vámonos. Les voy a mostrar dónde pueden conseguir lo que necesitan.

☆

EN EL campamento semínola el sol apareció por el este, sobre el borde del cañón, y se derramó sobre la cabeza de los integrantes de las tribus reunidos en un anfiteatro natural. Todos llevaban sus pertenencias. Se advertía una sensación de crisis en el aire. Cerca, en las filas, había un cuadro de cincuenta guerreros con atuendo completo de batalla. John y Coyote estaban cara a cara.

—Ahora no es momento de irse —dijo John.

—Anoche tuve un sueño y me vi en la Ciudad de México hablando con el presidente —dijo Coyote—. Obtendré la escritura de las tierras de Nacimiento. Sin ellas nos van a seguir moviendo de un lugar a otro hasta que ya no les sirvamos de nada.

—Pero te necesito para la batalla contra los apaches.

—Tú mata a los apaches, yo iré a ver al presidente. Pero no los mates a todos. Los necesitamos.

John, nervioso, miró la cresta de encima.

—Está bien. Lleva tres hombres. Apresúrate antes de que lleguen los federales. No quiero que te vean.

Coyote le dio un abrazo y se marchó a toda prisa.

John caminó entre las tribus. En el rostro de mujeres y niños se advertían la tristeza y la desilusión. La luz oblicua del amanecer de pronto se vio eclipsada por una larga sombra. Todas las cabezas se volvieron para mirar hacia la cima donde un batallón de tropas federales a caballo tapaba parcialmente el sol.

El coronel Emilio Langberg avanzó lentamente hacia los indios montado en su caballo. Era mitad austriaco y era comandante del estado de Coahuila. Con uniforme militar completo hizo que el animal avanzara con formalidad hacia el campamento mientras sus tropas permanecían estacionadas a una discreta distancia. Conforme se acercaba a John se hizo un silencio absoluto.

—Soy el coronel Emilio Langberg. Vengo a escoltarlos a su nueva locación.

—No me gusta esa palabra, coronel —respondió John.

—Son las órdenes que tengo, señor July. Es para la seguridad de su gente.

—Tampoco me gusta esa palabra.

—¿Ha oído hablar de un hombre llamado Marcellus Duvall? John se volvió para mirar a su pueblo.

—¡Pregunta que si hemos oído hablar de un hombre que se llama Marcellus Duvall!

Se escuchó un coro de risas burlonas. El coronel Langberg parecía incómodo.

—Hemos vivido con Marcellus Duvall desde que salimos de Florida —dijo John July—. Es uno de nuestros enemigos.

—Ha emitido una recompensa en los periódicos de Texas para la captura de cualquier semínola negro fugitivo.

—¿Y cuál es el precio?

—Cincuenta dólares por cabeza.

Una vez más John se volvió hacia su gente.

—¿Ya escucharon? ¡Duvall ofrece miserables cincuenta dólares por cabeza para que regresemos!

Esto provocó otro estallido de risa entre las tribus. Langberg cambió de estrategia.

—Pero desde luego yo podría influir en esa situación, señor.

—¿De qué manera, coronel?

—El sitio adonde los llevo está en las montañas de Santa Rosa.

Sabemos que allá opera una pequeña banda de apaches que está saqueando el pueblo de Chihuahua.

—Y usted está tan preocupado por nuestra seguridad que le gustaría que lucháramos contra los indios bárbaros, ¿verdad?

—¿Qué resulta peor, señor, el malévolo propósito de los cazadores de esclavos o la furia de los apaches?

—Nosotros nos encargaremos de los apaches por usted, coronel, pero parte del trato será que usted mantenga a los cazadores de esclavos del otro lado del río.

—Tiene usted mi palabra —respondió Langberg.

—Espero que ésta sea mejor que las otras dos —dijo John July.

Langberg hizo un saludo y se dio media vuelta en su caballo.

Conforme el coronel se alejaba, John evaluó la importancia de las palabras para un hombre blanco como Langberg. Rápidamente decidió que no tenían ninguna.

☆

LOS CABALLOS de Sonny y Teresa abrevaban junto a un pequeño arroyo en las afueras del pueblo de Chihuahua. Estaban deshidratados, exhaustos. Sonny empapó su pañoleta en la corriente, luego le quitó el sombrero a Teresa y le humedeció el rostro y el cuello.

–Tenemos que llegar a las montañas –dijo–. Allá estará más fresco.

Podemos dormir en ese sitio.

Teresa asintió y Sonny presionó su mejilla contra la de ella.

☆

A LA mañana siguiente Sonny y Teresa cabalgaron por una comunidad de pinos piñoneros en la Sierra Madre Occidental. Escucharon a la distancia el disparo de un rifle seguido por el tenue gemido de un grito de guerra.

–¿Tienes miedo? –preguntó Sonny.

–Sólo de volver –respondió Teresa.

☆

JOHN JULY contó sus huestes. Eran cuarenta y dos, los mescaleros eran como sesenta. En los árboles y detrás de los peñascos podía ver a los apaches con sus rifles. Las balas pasaban zumbando por todas partes, rebotaban en las piedras y levantaban nubes de detritos del desierto. Los mescaleros habían preparado una trampa para los semínolas y los tenían cercados. Dos de los hombres de John yacían muertos. En lo alto, sobre una meseta, Sonny y Teresa se mantenían a ras de suelo observando la refriega. Sonny tenía el semblante desorbitado de un guerrero revivido. Le hizo un gesto a Teresa para que no se moviera. Se incorporó y avanzó furtivamente por entre los árboles hasta que halló una posición oculta que le permitía seguir en contacto visual con Teresa, para así tratar de entender la batalla que se desarrollaba. Sonny se percató de que estaba atrapado en el medio y de que tenía en la mira a varios apaches. Con su rifle hizo una señal a Teresa y ambos dispararon sus Winchester contra los mescaleros.

Cuando los semínolas vieron caer a tres apaches, John se volvió, confundido por el súbito ataque desde un ángulo inesperado. Otro apache resultó herido y cayó desde un peñasco. John indicó esto a sus guerreros y descargaron una lluvia de fuego sobre las posiciones apaches. Pronto los semínolas tuvieron ventaja. El chillido agudo de un águila penetró el aire y John se incorporó de un salto, boquiabierto. Conocía esa señal en particular.

Temerariamente, Sonny y Teresa precipitaron sus caballos

desde la cima a la vez que Sonny volvía a lanzar el grito de guerra de los semínolas. Cuando llegaron al fondo del valle, los apaches que quedaban los vieron venir y se dispersaron. Sonny se metió las riendas del caballo en la boca y disparó su rifle alcanzando a otros dos apaches que trataban de huir. Los guerreros semínolas se adelantaron con John a la cabeza.

Después, cuando había acabado la batalla, John y sus guerreros rodearon a Sonny y a Teresa.

—¿Quiénes son? ¿De dónde vienen? —preguntó John.

—Soy Sonny Osceola, hijo de Asi Yahola, el jefe tribal.

—¿Es posible?

Le dio varias vueltas a Sonny, estudiándolo de cerca, de pies a cabeza. Los otros guerreros se acercaron más, mientras Teresa salió tímidamente del círculo.

—Eres como de su estatura, es cierto, y hay un parecido en tu rostro. Tu abuelo, el padre de tu padre, ¿quién era? —preguntó John.

—William Powell, de Escocia. Y también llevo sangre negra en mis venas. Soy un auténtico semínola.

—Eso lo veremos, ¿cierto? ¿Y tu madre? ¿Qué fue de ella?

—La llamaban Ángel de Fuego.

—Sí, Osceola la envió lejos, a las Carolinas.

Sonny buscó ansiosamente a Teresa con la mirada. La tomó de la mano y la incorporó de nuevo al interior del círculo.

—Ella es Teresa. Ella va adonde yo vaya.

John la revisó con la mirada.

—Es un honor conocerte, John July —dijo Teresa.

—¡Esperanza! —gritó él.

De entre el círculo emergió una mujer india de mirada feroz. Rebasaba los cincuenta años. Su larguísima cabellera estaba enmarañada y tenía brillantes ojos negros. Llevaba un rifle colgado al hombro y un cuchillo en el cinto. Esperanza se baladroneaba como toda una luchadora veterana. Se paró junto a Teresa y la revisó, ahora con mirada juguetona.

—Es una muchacha brava —dijo Esperanza.

—¡A sus caballos! —gritó John—. ¡Reúnan a los ponis y las armas enemigas! Tú, hijo de Osceola, si en verdad eres quien dices ser, ayúdalos.

Esperanza siguió calibrando a Teresa con perspicacia. Aparecieron otras mujeres que cerraron más el círculo en torno a ella.

—¿De qué estás hecha, criatura? ¿Te das cuenta de dónde estás, de entre quiénes estás?

—Confío en mi hombre —respondió Teresa.

Esperanza asintió con aprobación.

—¿Conoces bien a ese mestizo?

—Conozco su sangre.

Intempestivamente, Esperanza se volvió hacia el resto de las mujeres.

—Bueno, ¡dejen de mirar! ¡La muchacha no es un caballo!

Esperanza de nuevo se volvió hacia Teresa.

—Ven conmigo —le dijo.

☆

MIENTRAS LAS mujeres del campamento semínola preparaban comida sobre las fogatas, Teresa deambuló entre ellas, ocupada en las tareas que Esperanza le había asignado. El resto de las mujeres indias y mascogo actuaban con deferencia hacia ella pero no le hablaban. John y los miembros del consejo tribal —entre quienes había dos indios que habían observado el encuentro entre Sonny y Royce Box en la subasta de caballos— estaban sentados en un círculo cerrado, discutiendo el destino de ese que decía ser hijo de Osceola. Uno de los miembros del consejo alzó la mirada:

—Esperemos al capitán Coyote. No podemos decidir sin él —sentenció.

—¿De verdad crees que es el legítimo hijo de Osceola, John July? —preguntó otro de los miembros del consejo.

—Hay cierto parecido. Osceola tuvo por lo menos dos hijos, quizá más.

—Este podría pasar por blanco.

—Yo digo que los regresemos al otro lado de la frontera —opinó un tercer miembro del consejo.

—Aún no. Quiero observarlo. Necesito saber qué clase de hombre es.

—¿Y la joven?

John miró a Sonny que caminaba de un lado a otro, alejado del círculo. Sonny estaba nervioso, impaciente, y continuamente buscaba con la mirada a Teresa que se negaba a mirar en esa dirección.

—Dejen que las mujeres lo averigüen. Yo me encargo de él —dijo John.

—¿Qué tal si la gente de ella viene a buscarla? Por ella podría caernos encima un ejército.

—Si él se queda con nosotros y ella es su mujer, no tendremos más remedio que defenderlo —dijo John.

☆

EN LA Ciudad de México, Coyote y su séquito –dos indios y dos negros–caminaron por una plaza atestada, llena de vendedores, cantantes callejeros, compradores, bandas de mariachi, pordioseros y todo tipo de gentuza. Frente a ellos se alzaba, imponente, el Palacio de Chapultepec, residencia del presidente de México y su equipo de gobierno. Tan pronto como Coyote y sus compañeros llegaron a la escalinata de piedra del palacio, un pequeño grupo de manifestantes que protestaban al pie de la escalera desvió su atención. Varios de ellos llevaban pancartas que decían: "¡LIBEREN AL ESTADO DE COAHUILA!" "¡VIVA LA INSURRECCIÓN!".

Con sonrisa irónica Coyote se detuvo un momento a ver la protesta.

En la sala de espera, con gran eficiencia, tres guardias armados revisaron a Coyote y a su grupo de pies a cabeza, quitándoles a los cuatro los cuchillos y a Coyote su espada antigua, no sin que él se resistiera juguetonamente a entregarla.

A los semínolas se les escoltó hacia la magnífica y suntuosa oficina presidencial. Constituían una visión indómita, así ataviados con su colorido atuendo. Tres de los hombres prudentemente se fueron al fondo de la habitación. En apariencia relajado, Coyote deambulaba por el cuarto.

Coyote observó todo: los grandes candelabros de cristal, los enormes óleos de héroes de la historia de México. Le fascinó sobre todo el trono presidencial con su dosel de terciopelo. Se acercó y acarició los brazos de la silla con una mirada llena de curiosidad y asombro.

—¡Buenos días, mis niños! —exclamó el presidente Díaz.

Le dio un vigoroso apretón de manos a Coyote, quien lo revisó de pies a cabeza, fijándose en su espléndida vestimenta. El presidente hizo una seña para que los demás se acercaran.

—Vengan, vengan. Siéntense, por favor.

Los hombres de Coyote tomaron asiento pero él parecía cautivado por un sofá muy elegante que estaba junto al escritorio presidencial. Advirtiendo su fascinación, el presidente sonrió con benevolencia.

—¿Le gustaría sentarse ahí, amigo mío?

Coyote se sentó en el sofá y subió los pies en el extremo.

Al presidente Díaz lo tomó por sorpresa esta falta de formalidad de Coyote y a la vez parecía divertirle. Tomó asiento en el sofá junto a Coyote.

—Bueno, antes de que me cuenten la naturaleza de su largo viaje . . .

Coyote cambió de posición y se acercó un poco más al presidente, quien a la vez se alejó un poco de él, hacia el otro extremo del sofá.

—. . . me gustaría expresarle lo mucho que apreciamos la presencia de los semínolas en México. También, les estamos muy agradecidos por su ayuda con . . .

De nuevo, Coyote empujó al presidente otro poco hacia la orilla del sofá. El presidente amablemente se recorrió pero empezaba a desconcertarlo el extraño comportamiento del indio.

—. . . por su ayuda con repeler a los grupos hostiles que están en guerra a lo largo de la frontera. Para nosotros resulta difícil gobernar la frontera norte. También estamos agradecidos . . .

Ahora Coyote sencillamente tiró al presidente del sofá. Al presidente le costó trabajo recobrar la compostura.

—¿Ahora ve, mi presidente? —dijo Coyote—. A nosotros los semínolas los americanos nos han empujado de nuestras tierras y ahora también lo hace el gobierno mexicano. Siempre encuentran la manera de engañarnos con mapas o sondeos o falsos acuerdos. Queremos una patria. Queremos Nacimiento. ¡Nuestra sangre ya es parte de su país! Este es un hecho que usted debe recordar siempre.

Coyote se puso de pie, dio un giro e hizo una señal para que sus hombres lo siguieran hacia la salida.

—¡Pero soy uno de ustedes! —gritó el presidente.

Coyote se volvió para verlo: —¡Si lo es, entonces cédanos las tierras de Nacimiento!

☆

SONNY LUCHÓ al lado de los demás hombres en las batallas contra comanches y apaches, distinguiéndose como un feroz e inteligente guerrero.

John lo observaba con silenciosa aprobación.

Teresa también hacía sentir su presencia, encargándose de los muertos y los heridos.

Pronto había ya muy poca similitud con la joven del rancho de Dupuy.

☆

UNA CARRETA cubierta, jalada por dos viejos caballos destartalados en la que se desplazaba una compañía de actores itinerantes, retumbaba con lentitud a través del campo abierto. Algunos actores cantaban y podían escucharse incluso por encima del ruido metálico que hacían las ollas y sartenes, a medida que el carruaje avanzaba por el camino lleno de baches. Arriba en una cuesta, Coyote y sus hombres regresaban del viaje a la Ciudad de México. Sentados en sus caballos, miraban el paso de la caravana allá abajo. Coyote estaba especialmente fascinado por lo que veía y trataba de comprender su significado. De pronto, espoleó a su caballo para dirigirse hacia abajo, lanzando exagerados y agudos gritos de guerra. Sus hombres lo siguieron, imitándolo.

Los semínolas se abalanzaron sobre la caravana, deteniendo a los aterrados cocheros. Los actores salieron en tropel, demudados de terror. Todos alzaron las manos y suplicaron por su vida. Su habilidad para la actuación dramática era equiparable a la parodia de ferocidad mostrada por Coyote quien se bajó del caballo y, resoplando y haciendo chillidos, desapareció dentro de la carreta.

Sus hombres miraron atentamente conforme distintas piezas de ropa salían volando de la carreta: sombreros con plumas, pantalones ajustados, zapatillas y todo tipo de atuendos isabelinos. Enfurecido, uno de los actores se montó en la carreta para hacerse cargo de la situación. Un momento después, él también salió volando. Se incorporó de un salto y agitó sus puños mientras más disfraces volaban por los aires.

—Se lo ruego: ¡desista de esta ignorante brutalidad! Permítanos llegar a un acuerdo verbal. Soy don Alfredo, ¡el más grande Hamlet de todo México! Mi oído lo escucha y mi corazón preparado está.

☆

AL AMANECER tres esclavos prófugos intentaban cruzar el Río Grande a nado. Estaban exhaustos, aterrados, desesperados. Sólo uno de ellos parecía tener fuerza suficiente y se aseguró de que los más débiles se mantuvieran a flote.

Enloquecidos y con ojos desorbitados, los tres negros se tambalearon hasta el interior de una rudimentaria aldea de chozas de barro, muertos de miedo y de cansancio. Había varios caballos exánimes y los cadáveres putrefactos de tres agricultores mexicanos. Esta sombría visión perturbó aún más a dos de los prófugos, sobre todo cuando se percataron de que a los hombres les habían cortado el cuero cabelludo. Pero Ezra, el más fuerte de los tres, vestido con uniforme de la prisión, analizó la escena con serenidad.

—Apaches —dijo.

—Sí, vámonos antes de que regresen —respondió uno de sus compañeros.

Ezra descubrió unas huellas.

—No. Vamos a seguirlos un rato. Tal vez puedan guiarnos hasta los semínolas.

☆

EL SUBINSPECTOR Juan Maldonado se paró frente al gran mapa del estado de Coahuila que había en su oficina. El coronel Langberg estaba a su lado.

—Nacimiento está fuera de toda consideración. Esa tierra es demasiado valiosa —dijo Langberg.

—Pero el presidente la prometió a los semínolas.

—La Ciudad de México está muy lejos. El presidente tiene asuntos más importantes. Y ahora podríamos tener una insurrección en nuestras manos.

A Maldonado le estaba costando algo de trabajo lidiar con las argucias del coronel.

—¿Es decir . . . ?

—Es decir, amigo mío, que debemos tener cuidado con ver de qué lado nos ponemos. El país está sufriendo muchos cambios. La Iglesia está perdiendo poder y eso significa oportunidad.

—Pero usted es un militar. ¿Qué importancia tiene eso para usted?

—¡Ja! He dedicado mi vida entera al ejército y ¿qué he obtenido a cambio? Me enviaron a este país olvidado a que me pudra. Escúchame, Juan: este es el momento de aprovechar cualquier oportunidad que se nos presente. Un día en este país va a haber una verdadera revolución y, cuando llegue, voy a estar en el lado ganador.

—¿Y cuál es ese lado?

—El de los terratenientes. Y me propongo ser uno de ellos, aun si eso significa renunciar a mi comisión.

–¿Por qué estamos hablando de esto? ¡Convoqué a esta reunión para discutir el problema de los indios y tú hablas de revolución!

–No. Estoy hablando de tierras. Y los indios no tienen por qué poseer tierras en México. Sólo van a causar problemas.

–Pero estos semínolas han peleado bien. Han cumplido su parte del trato. Ya hace semanas que los apaches y los comanches están tranquilos.

–Mayor motivo para separarlos. Los indios de las tribus deben ser separados de los negros y obligados a regresar al otro lado de la frontera. Ya sirvieron su propósito. A los negros los mantendremos porque podrían resultarnos de utilidad en nuestras negociaciones con los estados esclavistas.

Maldonado se sentó en su escritorio y estudió al coronel.

–Es inútil tratar de cambiar la dirección del viento una vez que ha comenzado a soplar –dijo Langberg–. Y un hombre sabio sabe que hay que dejar que pase la tormenta antes de empezar a construir una casa.

☆

LA CARRETA de la compañía de actores estaba a mitad del campamento semínola. Las tribus hacían fila para dar la bienvenida a Coyote y a sus acompañantes. Coyote prorrumpió desde el fondo de la carreta encortinada, cayó de pie y extendió un brazo de manera dramática. Estaba vestido como Hamlet, con disfraz isabelino completo. Todos aplaudieron.

–¿Ser o no ser? ¿Cuál es la respuesta? –preguntó Coyote.

–¡No, no! ¡Esa es la cuestión! –exclamó Alfredo.

–¿Por qué decirme lo que ya sé? –preguntó Coyote.

Las tribus estallaron en carcajadas. John July permaneció a un lado, conteniéndose. Por fin, caminó hacia la muchedumbre, se acerco a Coyote y lo abrazó. Los indios lanzaron un clamor en señal de aprobación.

–Te fuiste como diplomático y regresas como . . . –dijo, indicando el atuendo de Coyote– ¿como qué?

–¡Como amo de Dinamarca! –dijo Coyote, extendiendo con amplitud su brazo de manera teatral, como si estuviera por comenzar un soliloquio, cuando súbitamente su rostro se ensombreció al descubrir la presencia de Sonny. Al verlo, puso mala cara.

–Es el hijo de Osceola –afirmo John.

–¿Cómo lo sabes?

–Conoce el nombre y origen de su abuelo. Su madre se llamaba Ángel de Fuego, era la otra esposa de Osceola. Ella huyó con este chico a las Californias.

–¿Y la joven?

—Ella es del otro lado de la frontera. Esperanza dice que tiene buen corazón.

Coyote aún miraba con fiereza la cresta de la montaña.

—Tengo que olerlo.

Coyote hizo un fuerte ademán con su brazo para que Sonny se acercara.

—¿Qué haces? —preguntó John.

—De camino vi huellas de poni, comanches.

—¿A qué distancia?

—Seis, quizás ocho millas.

—No nos hace falta una gresca en estos momentos.

Con los ojos clavados en Sonny, Coyote dijo: —Enviaremos a este hijo blanco de Osceola a investigar.

Teresa y Esperanza presenciaron la confrontación entre Sonny y Coyote. Teresa se veía preocupada.

—¿Por qué Coyote lo trata de esa forma? ¿Qué le van a hacer a Sonny?

—Haces demasiadas preguntas —respondió Esperanza—. De seguro Coyote lo está poniendo a prueba.

—¡Sabe que es hijo de Osceola! ¿Por qué no confía en él?

De repente hubo una conmoción abajo cuando los tres esclavos fugitivos aparecieron, tambaleantes. Los semínolas se reunieron a su alrededor. Coyote hizo una señal para que sus lugartenientes ocuparan sus puestos de observación. Mientras tanto, John acometió a los esclavos. Les llevaron jarros de agua. John los estudió con detenimiento, luego indicó a las mujeres que se hicieran cargo de los hombres exhaustos. Cuando se los llevaron John le gritó a Ezra:

—¡Tú!

Ezra se le acercó. John lo examinó con la mirada.

—¿Eres propiedad de alguien?

—Era.

—¿Dónde?

—Luisiana. Maté a mi amo.

John extendió el brazo lentamente. Le abrió el saco al hombre y vio que llevaba una cartuchera cruzada del lado izquierdo, marca inconfundible de un gatillero.

—Así que ahora te estás evadiendo con esos piscadores texanos.

—Son como yo.

—¿Por qué más te buscan?

—Asalté un banco en San Antonio.

—¿Cómo perdiste el arma?

—La vendí para pagar el soborno que nos permitió llegar a la frontera.

—¿Tienes idea de dónde están ahora?

Ezra miró a su alrededor sin decir nada.

—Estás en compañía de los semínolas.

Ezra se encogió ligeramente de hombros bajo la penetrante mirada de John.

—Ahora vete mientras decido qué hacer con ustedes. Entre tanto, esa pistolera va a permanecer vacía hasta que yo decida que se cargue.

Ezra se volvió listo para marcharse.

—¿Cómo te llaman? —preguntó John.

—Ezra.

Los ojos de John se estrecharon cuando Ezra se fue pero luego destelló en su rostro un pequeño resplandor de placer.

Al día siguiente, a primera hora, Sonny se preparó para cumplir su misión. Teresa lo ayudó a empacar. Todavía estaba furiosa.

—No veo por qué no te puedo acompañar. Soy mucho mejor tiradora que la mayoría de ellos.

—Esto no se trata de disparar. Por no decirte cómo se sentirían las otras mujeres si ven que te vas conmigo.

—Ah, entonces esto es sobre ser mujer, ¿verdad? Se supone que sólo debo encargarme de moler maíz y lavar tu ropa.

Sonny dejó de hacer lo que lo ocupaba y miró fijamente a Teresa; luego, sonrió y se fue.

Del otro lado del campamento John y Coyote discutían en privado, como de costumbre. Coyote agitaba los brazos con violencia mientras caminaba de un lado a otro.

Sonny permanecía inmóvil en su caballo. Todos los miembros de la tribu observaban, expectantes.

Por fin, John salió con paso firme cargando un rifle e hizo una señal. Ezra avanzó lentamente con su caballo y se detuvo junto a Sonny. Se había quitado el abrigo dejando a la vista su cartuchera aún vacía. Estaba muy nervioso. John lo miró enfurecido, luego lanzó un rifle al arzón de su silla de montar.

—¿A qué me está enviando, señor? —preguntó Ezra.

—¿Preferirías enfrentarte a un verdugo del otro lado del río? Cuida a este hombre. Es hijo de un jefe indio.

☆

EN EL desierto Sonny siguió un rastro a través de unos mezquites. Ezra lo seguía de cerca, observando atentamente cada movimiento. Divisaron a un indio solitario que iba a caballo. Se le veía agotado, el caballo renqueaba. Sonny le hizo una señal a Ezra: mano derecha extendida con el pulgar arriba, que significaba un caballo y su jinete. Después Sonny movió su mano de manera ondulante, como serpiente, lo que significaba que había un indio comanche. El solitario jinete desapareció tras una colina. Ahora Sonny pudo poner manos a la obra: a pie y a caballo, bajo un sol ardiente, acampando de noche, levantándose al amanecer para seguir el rastro. Se aplicaba casi como si estuviera en trance.

☆

AL AMANECER Sonny y Ezra entraron lentamente al campamento. Sus caballos estaban empapados de espuma y ellos se veían exhaustos. Se detuvieron y esperaron. A medida que el campamento fue despertando Coyote emergió de su *wikiup*, se rascó y desperezó. Luego apareció John. Ambos fueron hacia el centro del campamento y miraron a Sonny y a Ezra. Una multitud se congregó en silencio.

—Bueno, ¿qué encontraron? —preguntó John.

—Cuatro tiendas indias, seis caballos, una cabra, un anciano enfermo, cinco mujeres y varios niños. Un solo guerrero se alejó sobre un caballo rengo —respondió Sonny.

—Así que eso es lo que significaban las señas —le dijo Ezra a Sonny repitiendo las señales que le había hecho Sonny y estudiando su propia mano mientras las hacía.

—¿Qué provisiones tienen?

—Maíz y algo de carne de búfalo.

—¿Búfalo? ¿Cómo lo sabes? —preguntó Coyote con aspereza.

—Porque vi maíz regado al borde del camino. Las moscas se juntaron sobre un pedazo de carne de búfalo en el extremo opuesto.

—¿Y cómo sabes que uno de ellos está enfermo? —dijo John.

—Porque había postes cortados para hacer un *travois*. Y un caballo ciego de un ojo los iba a arrastrar.

Coyote reaccionó con incredulidad. Desfiló de aquí para allá frente a los miembros de la tribu, burlándose de la historia de Sonny con gestos exagerados. John lanzó una mirada evaluativa a Ezra.

—Y tú, señor-funda-vacía, ¿tú qué viste?

—Yo sólo lo acompañé.

—El enfermo podría ser uno de los cabecillas. Eso significaría que estos comanches no buscan problemas —dijo John.

—¿Y qué hay del caballo? ¿Cómo sabes que está ciego de un ojo? —preguntó Coyote.

—Todos los demás caballos pastaban en ambos lados del camino; este sólo comía de un lado.

—¡A lo mejor estaba caminando en reversa! —dijo Coyote, actuando para la muchedumbre.

—A lo mejor tú estás hablando al revés —respondió Sonny.

Coyote se arrojó contra el caballo de Sonny y se lanzó al aire de un solo salto derribando a Sonny de su silla. Ambos gruñían rodando en el polvo. Justo en el momento en que parecía que Sonny iba a resultar vencedor hubo una gran conmoción y se escuchó el sonido de caballos a galope. Juan Maldonado llegaba al campamento con un cuadro de milicianos. Se detuvo y sus hombres los rodearon de inmediato. Coyote y Sonny se sacudieron el polvo y junto con el resto de los indios se acercaron a Maldonado, quien permaneció montado en su caballo. Sacó un pergamino del bolsillo interior de su abrigo y leyó:

—¡Por decreto del gobernador del estado de Coahuila, se extiende la orden para que todos los miembros de las tribus semínolas, a excepción de aquellos a quienes oficialmente se les conoce como mascogos, abandonen México dentro de los siguientes cinco días o de lo contrario serán removidos por la fuerza!

El caos fue inmediato. John y Coyote intercambiaron miradas de desconcierto. Maldonado lanzó el pergamino al suelo y él y su contingente se marcharon a galope.

Teresa alzó el documento y lo leyó con cuidado, ajena a la

consternación que había causado el ultimátum de Maldonado. Tampoco parecía darse cuenta de que las mujeres de la tribu se habían reunido misteriosamente en torno a ella, incluida Esperanza, que esperaba a que Teresa interpretara esta noticia.

John y Coyote estaban asediados por los hombres de la tribu que, furiosos, agitaban los brazos y gritaban exigiendo una explicación. Ambos se dirigieron a sus caballos y montaron.

☆

LOS DOS líderes semínolas galoparon por el altiplano con un abandono temerario, como si alguien los persiguiera.

☆

ESE MISMO día al atardecer John y Coyote estaban sentados con las piernas cruzadas en el borde de un peñasco sobre el pueblo de Santa Rosa.

—¿Alguna vez has tenido ganas de rendirte? —preguntó John.

—Jamás.

—Podríamos ir a Oklahoma y reunirnos con los demás.

—Sí, vivir como perros y aprender a contar cuentas de vidrio.

John se rio.

—¿De qué te ríes?

—Imaginé a dos perros sentados contando cuentas.

Coyote gruñó.

—Perros indios, perros listos —dijo.

—Hemos estado luchando desde que tengo memoria. Ahora nos encontramos en este nuevo país, luchando contra indios que ni siquiera conocemos para que, por fin, una tierra sea nuestra. Y aún así, no es suficiente. Siento que me estoy haciendo viejo.

Coyote volvió a gruñir mientras masticaba una hoja de pasto.

—Pero mi hermano más listo me dice que no hay manera de volver a ser joven.

—No podemos permitir que nos separen jamás —dijo Coyote—. Nosotros no somos como otras tribus. Nosotros permanecemos unidos.

—¿Entonces, qué vamos a hacer, viejo amigo?

Tras un prolongado silencio, Coyote afirmó:

—Ya pensé qué es lo mejor para nosotros —dijo lanzando una mirada circunspecta y profunda.

–Dime.

–Vamos a bajar al pueblo y nos vamos a embriagar.

Santa Rosa estaba en plena fiesta. Las calles se veían atestadas de juerguistas intoxicados. La música llenaba el aire. Al interior de una cantina repleta se llevaba a cabo una gran celebración. Había mucha gente bailando. Se escuchaba el retumbar de las trompetas y el chasqueo de las castañuelas. John y Coyote estaban en la barra, sumidos en la conversación, aparentemente ajenos a la estrepitosa parranda. Se habían apegado a la receta de Coyote.

Los dos topógrafos norteamericanos de Piedras Negras también estaban ahí. Uno de ellos, el provinciano Stevens, miraba con extática intensidad a John y a Coyote, recordando la última vez que los había visto. Su compañero siguió la mirada de Stevens. Dos prostitutas se escurrieron laboriosamente al gabinete con ellos.

–Bueno, mi nariz no me traiciona. Mira allá –dijo Stevens.

–Tú y esos negros otra vez. Casi no te dan tregua, ¿verdad? ¿Por qué demonios no regresas a Georgia y te compras unos cuantos? Así puedes golpearlos cada vez que se te pegue la gana.

–No tienen derecho a estar aquí.

–¿Y qué quieres que haga? ¿Que les patee el trasero? Pues creo que lo haré sólo para darte gusto.

En la barra, de pronto Coyote dio un salto en el aire y dejó salir un agudo chillido que podía escucharse incluso por encima de la música. Saltó a la barra y bailó con furor. Incapaz de quedarse atrás, John inició su propio espectáculo bailando en su sitio. La muchedumbre rugió aún con más fuerza y aplaudió.

El compañero de Stevens salió tambaleándose del gabinete, arrastrando por la mano a una de las prostitutas. Abordó a

John, interrumpiendo su danza, lo que a John claramente le disgustó. Entonces el topógrafo lanzó a la mujer contra John.

—¡Toma! Te doy a elegir. Puedes quedarte con un pedazo de esta puta o con un pedazo de mí. ¿Qué decides?

John golpeó al hombre con tal fuerza que casi lo mandó de vuelta al gabinete. La prostituta huyó antes de que el topógrafo lograra incorporarse, se lanzara contra John y empezaran a golpearse. El resto de los clientes se replegó. Cuando el topógrafo sacó una navaja, John desenfundó la suya. Alguien gritó. La música se detuvo.

El topógrafo no daba el ancho para pelear contra John quien fácilmente esquivó sus golpes. Por fin, John lo desarmó y ya estaba listo para asestarle el golpe final.

Stevens emergió del gabinete con una pistola. Le disparó a John y lo abatió. Stevens se paró sobre él y le vació otras dos balas al semínola herido antes de que un grupo de mexicanos lograran contenerlo. El lugar quedó en silencio. Stevens logró zafarse y salió corriendo del bar.

Coyote se arrodilló junto a John con una expresión de gravedad. John estaba inconsciente. Con gran cuidado Coyote lo alzó en brazos y salió de la cantina.

☆

DIEZ O quince hombres estaban sentados en la gran mesa de una hacienda muy distinguida. En la cabecera, José Carvajal, líder de los insurgentes. De un lado, su asistente, Santiago Vidaurri; del otro, Cass Dupuy y Royce Box. También presentes, un banquero, un mercenario y algunos hombres de negocios. La cena había terminado. Nubes de humo llenaban la estancia. Los invitados bebían *bourbon* de malta y agua, y se mondaban los dientes mientras reflexionaban acerca de las circunstancias que los habían reunido.

—¿Preguntas, caballeros? —dijo Carvajal.

—¿Por qué está tan seguro de que la Ciudad de México no querrá intervenir? —preguntó el banquero.

—Quizás usted no esté al tanto de lo que ocurre en la capital —respondió Carvajal—. Ya están en marcha las primeras señales de una lucha de poder para reformar la Iglesia. Santa Ana es un tonto y el ejército está sumido en la incertidumbre. En este momento no tienen la posibilidad de preocuparse de lo que está ocurriendo tan al norte. Además, no estamos rompiendo relaciones ni con la Iglesia ni con el gobierno mexicano.

—¿Entonces, cómo lo llama usted? —preguntó un empresario.

—El estado de Coahuila sencillamente se está separando —dijo Vidaurri—. Queremos formar la República Independiente de Río Grande a fin de conducir nuestros negocios con nuestros vecinos del otro lado de la frontera.

—Y asegurarnos de que la tierra se distribuya entre la gente indicada —añadió Carvajal.

—Apenas han transcurrido cuatro o cinco años desde que tuvimos que ir a allá a pelear su guerra y vean lo que ocurrió: Zach Taylor terminó ocupando la Ciudad de México, no con gran éxito, si no mal recuerdo. Esto no me emociona mucho —dijo otro empresario.

—Pero puedo percatarme Lem, de que sí te emociona mucho que todo el algodón que posees se pisque a precio muy bajo —afirmó Dupuy.

—¿Cómo demonios vas a distinguir a los fugitivos de Texas de los de Florida? Eso es lo que yo quisiera saber —respondió Lem.

Vidaurri y Carvajal intercambiaron miradas antes de que éste respondiera:

—Estamos trabajando en ello.

—Caballeros, todo esto es por una buena causa, créanme. Estos hombres necesitan tener una apariencia de respetabilidad en este empeño, y nuestro círculo los proveerá con una presencia que les resulte útil. Acordemos esto: elijamos una fecha para invadir, vayamos allá y hagamos nuestra labor. Todos se beneficiarán de ello —dijo Dupuy.

Royce miraba a Dupuy como si no pudiera creer lo que escuchaba. El banquero Josaiah Johnson echó su silla para atrás y se puso de pie.

—Muy bien. Tienen mi bendición. Pero recuerden: si las autoridades de los Estados Unidos llegan a enterarse de esto tendré que fingir ignorancia y oficialmente tomar partido por ellos. Mientras tanto, les daré mi apoyo porque creo que esos esclavos deben ser devueltos.

Dupuy se burló de él.

—¡Sí, claro, como a mil doscientos dólares por cabeza! ¿A quién pretende engañar, señor Johnson? No seamos hipócritas. Tenemos una labor que hacer.

Dupuy se puso de pie, bebió de un trago lo que quedaba del *whisky* y se dispuso a marcharse. Cuando ya iba de salida, se inclinó y le dio un golpe al mercenario en el hombro.

–Vamos. Tú y yo tenemos que hablar.

Dupuy y el mercenario, Warren Adams, se retiraron a una orilla del salón para hablar en privado. Royce Box estaba al alcance del oído cuando Dupuy le reclamó a Adams.

–¿Dónde carajos has estado?

–Tuve unos problemitas en Del Río trayendo un contrabando. Eso me retrasó unos días.

–Te pagué para que encontraras a mi hija, no para que contrabandees productos mexicanos. ¿Qué averiguaste?

–Hay un rumor sobre una joven blanca que está con los semínolas. Y dicen que está casada con un mestizo.

Lo ojos de Dupuy se inyectaron de sangre y parecía que iban a perforar al hombre.

–Es todo lo que puedo decirle. ¿Quiere que le devuelva su dinero?

Dupuy se dio la media vuelta y salió aprisa, seguido de cerca por Royce Box.

☆

GRAVEMENTE HERIDO, John estaba recostado sobre una cama improvisada en una cueva sobre el campamento semínola. Esperanza y Teresa se encargaban de cuidarlo. Coyote estaba cerca, sentado en el piso, con la cabeza entre las rodillas.

Las Tribus estaban reunidas justo bajo la cueva, a un lado del arroyo. Los negros en un costado, los indios, cerca, pero del otro. Las miradas de todos estaban dirigidas hacia la boca de la cueva en espera de noticias.

Con la ayuda de Teresa, John intentó sentarse.

—Coyote, tenemos que hablar. Hay mucho por hacer —dijo John.

Coyote se incorporó, asintiendo, y se acercó más.

—Dentro de dos días tratarán de separarnos. ¿Qué crees que debamos hacer?

—Irnos. Lejos.

—Eso haría que nos persiga el gobierno mexicano.

—Podemos matar mexicanos con la misma facilidad con que matamos a los apaches o a los comanches.

Esto no era lo que John quería escuchar. Miró a Teresa que, cerca, prestaba atención, y luego miró a Esperanza quien parecía leerle la mente.

—Tráiganmelo. Y al otro, también —le dijo John a Esperanza.

Hizo una pausa antes de mirar al más leal de sus amigos.

—Coyote, ¿recuerdas lo que dijiste sobre Nacimiento? ¿Que sería nuestro hogar para siempre si usamos la cabeza en vez de las armas? Ha llegado ese momento.

Sonny y Ezra entraron a la cueva. De inmediato Sonny se hincó junto a John y posó su mano sobre su hombro.

–¡Levántate! –gritó Coyote.

Sonny se incorporó y miró a Coyote a los ojos.

–¿Cómo está? –preguntó Sonny.

Coyote sacó una bolsita de su camisa, vertió cuatro balas en la palma de su mano y las colocó bajo la nariz de Sonny quien las miró fijamente.

–Así está.

–Ya basta –dijo John con voz endeble–. Osceola, necesitamos tu ayuda. Tú conoces estas tierras fronterizas, tú entiendes a los texanos. ¿Pero qué sabes de México?

–Tengo un plan. Pero primero, escucha a Ezra.

Sonny hizo un gesto para que Ezra se acercara.

–Cuando estaba huyendo oí hablar sobre un grupo de retirados, *rangers* de Texas que apoyan a unos revolucionarios mexicanos de Coahuila. Se llaman a sí mismos los *surreccionistas* –dijo Ezra.

–Insurreccionistas –corrigió Sonny–. Quieren que el estado de Coahuila se separe de México para así establecer un pequeño país. Quieren llamarlo República de Río Grande.

–Esos hombres son esclavistas. Queremos evitar esta confrontación. ¿Qué plan tienes? –preguntó John.

Sonny y Teresa intercambiaron una mirada ansiosa.

–Apoyemos ambos bandos para nuestro beneficio. El gobierno mexicano tampoco quiere ese pleito. Tienen suficiente con los levantamientos que hay en otras zonas del país. Hagámosles saber que, a menos que nos den la tierra de Nacimiento, nos uniremos a los insurreccionistas –dijo Sonny.

–¿Y si aceptan?

–Entonces nos vamos con el gobierno –dijo Ezra.

—¿Como uno solo? —preguntó Coyote.

—Como uno solo —respondió Sonny.

John miró a Ezra.

—¿Ya no quieres seguir huyendo?

—No, señor. Estoy con ustedes.

—Déjenme entregar este mensaje —dijo Esperanza.

John y Coyote se miraron. Sabían que la estafeta había cambiado de manos.

☆

ESPERANZA, TERESA y otro indio semínola de mayor edad llamado Abraham se presentaron ante los guardias frente a las oficinas del gobernador de Coahuila.

—Digan a qué asunto vienen —exigió el guardia.

—Venimos de Monclova Viejo. Venimos a ver al gobernador —dijo Teresa.

—Les pedí que dijeran a qué asunto vienen.

Teresa le mostró el pergamino que había dejado Maldonado y el guardia le echó un vistazo.

—Esperen aquí.

El guardia se retiró. Esperanza caminaba con impaciencia de un lado a otro. Abraham adoptó lo que para él era una postura de estadista. Teresa miró a Esperanza con zozobra, pero ella la ignoró, hasta que Teresa habló:

—¡Esperanza!

—Está bien. Puedes hablar.

El guardia volvió.

—El gobernador los va a recibir.

En la oficina el gobernador estaba sentado detrás de su escritorio. Maldonado estaba en una silla junto a él y el coronel Emilio Langberg, ahora en ropa de civil —traje de tres piezas color blanco y sombrero Panamá—, estaba sentado en la esquina de la habitación. Los tres se veían muy alterados por la presencia de la joven blanca.

—Buenas tardes tengan todos ustedes. Esperanza, usted y yo ya nos conocemos. ¿Cómo está su esposo? Lo recuerdo bien —dijo el gobernador.

—Está muerto.

—Lamento escucharlo. Espero que haya sido un deceso tranquilo.

—Murió luchando contra los apaches. En territorio mexicano, gobernador.

—Recuerdo que era un gran jinete. Tenía manos ligeras.

—Si quiere honrar su memoria entonces debería saber que es en nombre de él, y de otros que piensan como él, que estamos aquí.

—El coronel Langberg inspeccionó cuidadosamente a Teresa con la mirada, ignorando a Esperanza.

—Manifieste cuál es su asunto, *madame*.

—Los semínolas no deben ser separados. Estamos dispuestos a luchar contra esta orden pero venimos a negociar —dijo Esperanza posando el pergamino sobre el escritorio del gobernador.

Maldonado y el coronel intercambiaron miradas.

—Ya vieron la orden. Deben cumplirla. No hay nada que pueda yo hacer.

—No puede esperar que desterremos a miembros de nuestra tribu sólo porque usted así lo decreta —respondió.

El coronel Langberg se rio burlonamente.

—Jovencita, usted es norteamericana. Usted no tiene ninguna razón para estar aquí. ¿Cómo se atreve a interferir en nuestros asuntos?

—Mire señor, yo no soy norteamericana, soy texana. Nací y crecí en la República de Texas, que solía ser parte de México. También soy una mujer libre. Ustedes hicieron un trato con los semínolas.

Teresa extrajo un documento de su camisa.

—Esta es la declaración de su presidente del cinco de febrero de mil ochocientos cuarenta y nueve: "Los indios inmigrantes de los Estados Unidos –los mascogos y los semínolas–, han justificado la hospitalidad de la República, contribuyendo con su leal y útil ayuda a las operaciones y expediciones militares contra los bárbaros, distinguiéndose . . .".

Teresa hizo una pausa para mirar fijamente al coronel Langberg.

–". . . distinguiéndose particularmente en la defensa de Cerralvo".

Teresa dobló el documento y volvió a guardarlo en su blusa.

–El único motivo por el que están dispuestos a permitir que mestizos como Abraham se queden aquí es para usarlos como moneda de cambio con los estados esclavistas. Por Dios Santo, ustedes hicieron un trato y nosotros tenemos la intención de hacer que lo cumplan.

Hubo una pausa prolongada.

–Todos somos un solo pueblo, gobernador –dijo Esperanza.

–Permítame recordarle que los semínolas son invitados en nuestro país –dijo el regidor–. El gobierno mexicano decide a quién se le permite permanecer aquí.

–Si usted obliga a tantos de nosotros a partir, señor, nuestra capacidad para proteger la frontera contra los invasores apaches y comanches se verá seriamente mermada –dijo Abraham.

–Lo hemos considerado y no constituye ya un factor.

–Abraham, explícale a nuestro gobernador sobre los factores –dijo Esperanza.

–Sabemos que todo México está teniendo problemas con su gente. Aquí mismo en el estado de Coahuila, que usted gobierna, se está llevando a cabo una revolución. Sabemos de los insurreccionistas y sabemos que están trayendo un pequeño ejército de mercenarios de Texas para ayudar en su causa. Es un factor el que hay un problema mucho más grande de lo que los milicianos de su estado pueden manejar. Y es una situación que estamos preparados para remediar.

—Ustedes no imponen las condiciones.

—No, desde luego que no. Sencillamente le señalamos lo que se conoce como un factor.

La mirada del gobernador oscilaba entre el coronel y Maldonado.

—¿Entonces qué propones, Esperanza? —dijo el gobernador.

—Lucharemos a su lado contra los insurreccionistas bajo dos condiciones: primero, que nunca más intenten separarnos de nuevo; y dos, que si ganamos esta lucha, nos otorgarán el título de propiedad de la tierra que el presidente mismo prometió sería nuestra: Nacimiento.

—¡De ninguna manera! —gritó Langberg.

Esperanza se volvió con los ojos en llamas y alzó un dedo.

—¡Entonces enfúndese el uniforme, coronel, porque lucharemos al lado de los insurrecionistas! ¡Y mi rifle tendrá una bala lista para usted!

Arrebató el pergamino y dio media vuelta con sus acompañantes.

—¡Vámonos! —dijo Esperanza, y salió de la oficina del gobernador a la cabeza de Teresa y Abraham.

☆

MÁS DE cien hombres del ejército de Dupuy cabalgaban en columnas de dos rumbo a México. Esta formidable agrupación estaba compuesta por la "sociedad" de Dupuy: mercenarios, esclavistas profesionales, *rangers* de Texas ilegales, y aventureros. Con rostro de seriedad Dupuy iba a la cabeza. Royce Box cabalgaba a su lado. Armados por Dupuy, todos llevaban pistolas Colt .45 de empuñadura larga atadas a la pierna, y rifles Winchester en el arzón.

☆

DOS SOLDADOS cabalgaban con perfecta postura en terreno elevado sobre el Río Grande. Uno de ellos miró a través de un catalejo.

—Ah . . . texanos.

—¿Cuántos?

—Muchos. Por lo menos un batallón.

El hombre cerró el catalejo de un golpe.

—Pedro, ve al puesto de comando de la compañía. Dile al coronel que los americanos cruzarán el río en una hora. ¡Ándale!

Una estructura de adobe de dos pisos en el poblado de Nueva Rosita servía de cuartel general a los insurreccionistas. Pedro se acercó al edificio en su caballo. Iba cubierto por un zarape que ocultaba su uniforme. Llevaba el sombrero sobre los ojos para mayor encubrimiento de su identidad de doble agente. Espoleó a su caballo con suavidad y se escurrió por la parte trasera del edificio. Desmontó, observó con cuidado a su alrededor y luego tocó a la puerta de manera apagada.

En el interior José Carvajal, Santiago Vidaurri y sus ayudantes estaban sentados en torno a una gran mesa donde había mapas dispuestos, tramando su campaña. Otro ayudante llevó a Pedro al cuarto. Carvajal alzó la mirada, aliviado de verlo.

—¿Y bien? ¿Cuántos dirías que son? ¿Cien? ¿Doscientos?

—Más. Por lo menos trescientos caballeros. Muchos, texanos —dijo Pedro.

Carvajal miró a Vidaurri inquisitivamente.

—Son más de los que esperábamos. No creo que los federales avancen contra nosotros —dijo Vidaurri. Se volvió hacia Pedro.

—Dile al coronel Langberg que has visto más de mil hombres dirigirse al río. Descríbelos como una gran potencia.

—Una fuerza aplastante. ¿Entiendes? —dijo Carvajal.

—Sí. Una fuerza aplastante.

Pedro se aclaró la garganta con énfasis. Carvajal tomó un sobre de su chaquetón y se lo entregó a Pedro, que lo tentó ligeramente y luego lo metió a su bolsillo.

—¡Hasta la revolución! —dijo Pedro, quien se dio la media vuelta y se apresuró a salir del cuarto.

☆

LA TROPA de Dupuy entró al pequeño pueblo de San Fernando de las Rosas. Los ciudadanos huyeron al verlos, agobiados por el temor ante la visión de una fuerza tan ominosa. Lavar, un centinela al servicio de los insurreccionistas, había estado esperando a Dupuy a la entrada del único hotel del pueblo. A manera de llamado, le hizo una seña a Dupuy con las riendas de su caballo.

— Me da gusto verte, Lavar. ¿Cuál es la situación?

—Hay cosas extrañas, capitán. No puedo decirle exactamente qué. Los hombres de Vidaurri siguen escondidos afuera de Piedras Negras, esperando la orden del lado americano.

—No hagas berrinche. Tenemos mucho tiempo.

El capitán se volvió en su silla de montar y le hizo una seña a otro de los hombres para que lo acompañara. Warren Adams llegó a la cabeza de la columna.

—Warren, llévate a los hombres y establezcan un campamento como a un cuarto de milla hacia el sur. Royce y yo los alcanzaremos después. Mantén a los hombres fuera del pueblo y lejos del alcohol.

Royce y Dupuy permanecieron inmóviles mientras la columna desfilaba ante ellos.

☆

DE VUELTA en el campamento semínola, un grito que helaba la sangre perforó el aire. Una nativa salió corriendo de su *wikiup* con un bebé en brazos para que todos lo vieran.

—¡Viruela negra! ¡Viruela negra! ¡Viruela negra! —gritó, mostrando la evidencia de la enfermedad. Las mujeres de la tribu se reunieron en torno a ella. Hubo gemidos, gritos, llanto y pánico general.

Con toda calma Esperanza tomó el control. Ordenó que se construyeran hogueras de inmediato. Coyote observó mientras la acción giraba a su alrededor. Retrocedió unos cuantos pasos inciertos, lejos del campamento, con una expresión de absoluto terror en el rostro.

Un centinela observaba las actividades desde lo alto de una colina cercana. Vio a los semínolas huir en grupos de dos y tres, en dirección a diversos puntos de las montañas circundantes, abandonando las pequeñas fogatas encendidas.

☆

EL CORONEL Langberg, Maldonado y tres oficiales militares estaban sentados alrededor de una mesa de conferencias en la oficina del gobierno. La atmósfera era tensa.

—A lo sumo, podemos reunir dos batallones. Quizá setecientos hombres —dijo un oficial.

—¿Y voluntarios?

—Los estamos contando.

—No son suficientes para enfrentar a mil texanos, coronel.

—Ya pedí refuerzos a Sonora —dijo Langberg.

—Es demasiado tarde para eso. Pronto los texanos van a estar sobre nosotros. Necesitamos a los semínolas —dijo Maldonado.

—Me rehúso a acceder a su demanda de obtener las tierras de Nacimiento.

—Siempre hay un modo, coronel. Por ahora entrégueles lo que quieren. Después nos preocuparemos del título de propiedad. Quién sabe qué ocurrirá una vez que acabemos con la insurrección. Quizá hagamos un trato con los texanos por los esclavos devueltos.

—Pero, ¿cómo los separamos? Si intenta separar a los purasangre, los demás se volverán contra usted —dijo el oficial.

—Todos son semínolas, hasta esos blancos que están entre ellos. Necesitamos sus habilidades guerreras, coronel.

Frustrado, el coronel se puso de pie y caminó por el cuarto.

—Comanches, apaches, semínolas, esclavos negros. ¿Qué clase de país es este? —dijo. Se detuvo y miró de frente a los demás.

—Muy bien. Avísale a los semínolas que se les permitirá

permanecer en México con la salvedad de que se les otorgará la tierra de Nacimiento solamente si los obstruccionistas son derrotados y se les hace volver al otro lado de la frontera.

☆

SENTADO DETRÁS de la ventana de su cuarto de hotel, Cass Dupuy estaba preocupado y miraba hacia la calle principal del pueblo. Alguien llamó a la puerta.

—Sí.

Royce Box entró.

—Algo extraño está pasando. Hace rato llegó un hombre a caballo diciendo que la viruela había atacado a los indios y a los negros en Monclova. Dice que todos se diseminaron en las colinas.

—¿Hace cuánto dijo que pasó?

—Dos, tres días.

—En una semana o más estarán lejos. Es muy probable que a los negros no les dé. Su sistema inmunológico los va a defender. De todas formas esto nos da más tiempo para pensar cómo hacer lo que vamos a hacer.

Royce asintió.

—Si te apetece emborracharte estaré abajo en la cantina.

☆

DUPUY ESTABA desnudo, sentado en la orilla de la cama en un burdel, con una botella de tequila a medio acabar en una mano. Una joven mexicana a medio vestir, de la edad de Teresa, estaba acuclillada sobre una olla con agua. Terminó sus abluciones, se incorporó y miró a Dupuy con una mezcla de lástima y desinterés.

–Rezaré por su alma, señor, para que su dolor se vaya –dijo.

Dupuy se tambaleó y la miró con desconsuelo. Alienado, por un momento le pareció ver el rostro de su difunta mujer en vez del de la joven. La madre de Teresa sollozaba, con el corazón partido y las manos extendidas, implorando. Con un solo movimiento repentino Dupuy atacó a la joven. La tomó del cabello, hizo la mano hacia atrás para golpearla y se detuvo. La lanzó hacia la cama, luego bebió lo que quedaba del tequila y lanzó la botella contra la pared. El llanto de un niño llenó el silencio. La muchacha levantó a un bebé de la canasta que estaba junto a la cama y colocó la boca del niño contra su seno.

Dupuy observó mientras lágrimas como guijarros brotaban de los ojos de la mujer.

☆

UN INDIO anciano yacía en cama en una choza de barro cerca del campamento semínola, atendido por una mujer mascogo. El rostro desfigurado del hombre apenas resultaba visible entre las sombras. La noche estaba cargada de los aterradores sonidos del sufrimiento; gritos, llantos y gemidos de las mujeres que ya habían perdido a alguien.

☆

EN LAS colinas Sonny y Teresa preparaban alimentos en una fogata. Salido de la oscuridad Ezra llegó a caballo. Desmontó y se acuclilló junto a la fogata.

—Coyote contrajo la viruela —dijo.

Teresa aspiró profundamente.

—Hasta ahora, ¿cuántos más? —preguntó Sonny.

—Al menos veinte, quizá más. Algunos siguen en las colinas. Pero Esperanza dice que la enfermedad está a punto de seguir su curso.

—¿Y John?

—La viruela no va a poder matarlo. El que le disparó se encargó de ello. No le queda tiempo suficiente para morir de una enfermedad de hombre blanco.

Hubo un silencio.

—Tenemos que convocar un consejo. Los obstruccionistas ya cruzaron la frontera. Pronto se dará la lucha. De un lado o del otro —dijo Sonny.

—John y los demás quieren que tú nos guíes. Te espera.

Ezra lanzó a Sonny una sonrisa de camaradería.

—Tu tiempo ha llegado, hijo de Asi Yahola.

☆

EN EL campamento de los esclavistas los hombres comían, jugaban cartas y disparaban al aire en un intento por matar tiempo. En eso llegó Royce Box. Desmontó, le quitó la silla a su caballo y se sentó al lado de Warren Adams, quien le sirvió una taza de café del tiesto que estaba en el fuego.

—¿Dónde anda el viejo Cass? —preguntó Adams.

—Durmiendo la mona.

—Los muchachos se están poniendo inquietos.

—Pronto estaremos cabalgando, cuando la viruela se consuma —dijo Royce.

Adams lo estudió durante un momento.

—¿Hace cuánto que lo conoces?

—¿A quién?

—A Dupuy.

—Fuimos compañeros en los *rangers* pero lo conocía de antes, cuando yo era niño.

—Pues espero que venga a hacerse cargo de las cosas. Y no me refiero a asuntos de familia.

Royce lo fulminó con la mirada pero decidió dejarlo pasar.

☆

LOS SEMÍNOLAS volvieron a su campamento, caminando o a caballo, uno a uno, en parejas o en familias, desconsolados pero con aire de certeza. Nadie dijo nada hasta que el silencio se hizo pedazos por el sonido de panderetas, una trompeta y otros instrumentos.

La compañía de actores estalló en cantos y bailes cerca de su carreta, a manera de celebración por el regreso de las tribus. John July salió tambaleante de su cueva en lo alto. Se apoyaba con fuerza en un bastón. Se veía débil, pálido. Gesticuló. La música se detuvo. Todos se reunieron y desde abajo alzaron la vista para mirarlo.

–El capitán Coyote solicita que yo proclame su partida hacia la Tierra de Nuestros Ancestros.

Un gran lamento se escuchó entre los integrantes de las tribus que se mezclaron para caminar en círculos, como corresponde a su ritual de duelo.

Al interior de la cueva Coyote yacía en una cama hechiza. Presentes estaban Esperanza, Teresa, Sonny y otros miembros del consejo de las tribus. El rostro de Coyote estaba severamente marcado por los estragos de la viruela, pero sus ojos aún conservaban su brillo. Estaba ataviado con el atuendo ceremonial de los semínolas: un cinto bordado con cuentas, hebilla de plata, turbante de seda con plumas blancas y negras de avestruz.

–Traigan mi cinto de guerra, el cuerno de pólvora –pidió.

Esperanza lo trajo de inmediato y ayudó a Coyote a ponérselo.

—Y ahora mi cuchillo.

Esperanza estaba a punto de buscarlo pero Sonny se había adelantado. Ella quiso detenerlo, reclamando el ritual para ella sola, pero John la detuvo.

—No. Él sabe qué hacer. Está recordando el lecho de muerte de su padre.

Ezra se escabulló por la cortina que cubría la entrada. Sonny no parecía moverse por voluntad propia. Casi en cámara lenta, le entregó a Coyote el cuchillo y un pequeño vial de pintura roja. Después sacó un espejo que sostuvo para que Coyote se pintara el rostro, el cuello y las muñecas de un brillante color bermellón. Sonny le ajustó el turbante y las tres plumas de avestruz. Coyote sonrió.

Coyote extendió la mano y, uno a uno, todos dieron un paso al frente para sostenerla brevemente. El último fue John, que no cedió la oportunidad de tomarlo de la mano más tiempo. Sonny completó el ritual. Ayudó a Coyote a recostarse otra vez en la almohada. Sacó de la funda de Coyote el cuchillo para arrancar cabelleras y lo colocó en la mano del hombre moribundo. Coyote lo posó sobre su pecho y miró a John July. John podía ver en los ojos de Coyote que quería sonreír, pero apenas era capaz de mover los labios y batalló para decir sus últimas palabras:

—Recuerda la corazonada.

El capitán Coyote cerró los ojos y ofreció a su alma abandonar su cuerpo.

—Ya está viajando —afirmó John.

☆

DUPUY LLEGÓ a caballo al campamento esclavista. Serpenteó entre las tiendas y los hombres sentados que esperaban órdenes. Warren Adams vio que se acercaba, se incorporó y le sirvió una taza de café, misma que Dupuy tomó asintiendo al desmontar. Royce estaba sentado cerca.

—Bienvenido, Cass. ¿Ha sido una buena tarde? —preguntó Adams.

—Depende de cuál sea la definición de buena.

Un hombre llamado Griff lanzó el resto de su café al suelo y escupió.

—Yo diría que ya es hora de que alguien me diga qué demonios está ocurriendo. ¿Estamos persiguiendo esclavos, peleando contra los mexicanos o qué? Ahora escucho que los *beaners* quieren sacar a los semínolas del país. ¿Qué se supone que debemos regresarlos en nuestras sillas de montar? Si es así, por Dios que más vale que haya buen dinero sobre la mesa —dijo.

Dupuy le dio un sorbo a su café y examinó a Griff con la mirada.

—¿Dinero? ¿Lo haces por dinero? Estamos aquí para echarle un poquito de pimienta a nuestros pantalones, ¿no crees? —dijo Dupuy.

—Espero recibir un pago por que me disparen.

Dupuy descartó su taza de café y luego, como un bólido, sacó su Colt .45 y disparó una bala que pasó silbando junto a la oreja izquierda de Griff. Antes de que Griff pudiera desenfundar, Dupuy ya había guardado su pistola en su cartuchera.

—Que alguien le pague.

Dupuy se fue andando. Royce Box se incorporó y lo siguió. Caminaron por la orilla del campamento, uno al lado del otro. Dupuy se murmuraba a sí mismo, pero no tan bajo que Royce no pudiera escuchar.

—Y la voy a matar.

Royce se detuvo en seco.

—¿Te refieres a Teresa?

—Primero a él y luego a ella.

—¿Qué demonios importa a quién matas primero?

—Si lo mato primero a él, ella nunca me lo perdonará.

Dupuy siguió avanzando. Royce se detuvo y lo miró, patidifuso.

☆

AUNQUE ESTABA muy débil, John presidió una reunión de estrategia entre los caballos que estaban en un corral improvisado en el campamento semínola. John usaba su bastón para trazar líneas en el piso de tierra. Presentes estaban seis hombres, incluidos Sonny y Ezra. Los caballos se entreveraban y se atropellaban, bufando y resoplando, en torno al grupo durante todo el tiempo que duró la reunión. John no se sentó por temor a no poder pararse de nuevo. En un momento dado, se tuvo que apoyar en la crin de una yegua.

—No importa que matemos a hombres de Texas o a hombres de México. Debemos sobrevivir aquí, en esta tierra, en este país, sin importar de qué lado peleemos. Ahora, quiero mostrarles una estrategia, un viejo truco que puede quebrarle la espalda a un enemigo.

John dibujó un gran semicírculo en el suelo, con forma de arco.

—¡Miren! —exclamó Abraham.

Dos soldados mexicanos de la milicia del coronel Langberg estaban impávidos en sus caballos, en la cresta de la montaña sobre el campamento. John alzó la vista para verlos y asintió.

—Pertenecen a la milicia de Coahuila. Ahí tienes tu respuesta. ¡Van a luchar contra los insurreccionistas!

—Y Nacimiento será nuestro —afirmó Hamilton James, uno de los ancianos de la tribu.

—No hasta que no tengamos en nuestro poder la cesión de la tierra.

Ezra llevó a John de regreso a su cama en la cueva. John sacó de debajo una caja con incrustaciones de cuentas. La abrió con cuidado y le mostro a Ezra una Colt .45 de cañón largo. Ezra quedó atónito. Se sentó en la cama al lado de John.

—¿Sabías que después de que Samuel Colt diseñó estas pistolas el primero en utilizarlas fue el ejército norteamericano contra los indios semínolas en Florida durante las guerras? Colt dijo que esta era un arma para un hombre a caballo.

Ezra, con la mirada fija en el arma, sólo pudo asentir.

—Esta pistola se la quité a uno de los soldados del general Taylor. Luego le disparé con ella. Ponte de pie.

Ezra se incorporó. John alzó la mano y abrió el chaquetón de Ezra, donde se veía una cartuchera vacía. John sacó la pistola de la caja y con suavidad la colocó en la funda.

—Dispara bien, hermano —dijo el indio agonizante.

—Lo haré —respondió el esclavo fugitivo—. Cuando vuelva a ver al capitán Coyote, por favor dígale lo agradecido que estoy con ustedes dos por haberme ayudado a seguir siendo un hombre libre.

John asintió, luego se recostó y cerró los ojos.

☆

DUPUY, ROYCE Box y Griff yacían en un promontorio vigilando la aldea semínola que estaba abajo. Dupuy usaba sus binoculares.

—Parece que la cosecha está muy flaca allá abajo. Casi todas son indias y negras, y algunos ancianos. Me pregunto adónde habrán ido los guerreros.

—Quizá la viruela causó más daño del que pensamos —respondió Box—. Al demonio, Cass. Levantemos el campamento y vayamos a Piedras Negras. De todas formas tenemos que alcanzar a Carvajal y a los suyos.

Dupuy siguió estudiando la disposición del campamento semínola.

—Vamos, Cass.

—Espera, Royce. Yo sé lo que debe hacerse.

De vuelta en el campamento de los cazadores de esclavos los hombres levantaron el campamento, alzaron sus cosas, ensillaron a los caballos y revisaron sus municiones. Dos de los hombres de Dupuy entraron al campamento arrastrando a un anciano semínola con una cuerda.

—¡Tú! ¡Anciano! ¡Ven acá! —gritó Cass.

El anciano avanzó, sobándose las muñecas. Se paró frente a Dupuy.

—¿Dónde está Sonny?

El indio semínola meneó la cabeza.

—Ese que se llama a sí mismo Osceola —dijo Dupuy.

El anciano siguió sin responder. Dupuy sacó su cuchillo y sostuvo el filo de la navaja contra el cuello del hombre.

—Se fue a pelear contra los mescaleros en Cruzado —respondió el hombre.

Dupuy le hizo una rajada de sesenta centímetros de ancho y luego vertical. La sangre brotó copiosamente. El anciano cayó en seco.

Uno de los centinelas llegó galopando y detuvo su caballo entre una nube de polvo. Llevaba un sombrero con dos bandoleras cruzadas sobre el pecho.

—¡Capitán! El señor Jesús Carvajal dice que necesita reunirse con usted en San Fernando mañana. Con usted y con todos sus hombres.

—¿Viste a los milicianos?

—Sí. A cincuenta millas al norte de Saltillo. ¡Y están avanzando rápido!

—Adams —ordenó Dupuy—. ¡Quiero que pongas a la tropa en marcha! Cabalgarán la noche entera. Royce: elige a tres docenas de los mejores hombres y diríjanse a Arroyo Yaqui. Quizá logren llegar allá a tiempo para abrirse paso entre el destacamento de Sonny.

—¿Y usted?

—¡Loughlin!

Apareció un joven vaquero: —Sí, señor.

—Tú te quedas conmigo —dijo Dupuy y luego se dirigió a Royce—: Mientras ustedes están en Arroyo Yaqui, yo me voy a encargar de ese asunto del que te hablé.

—Entonces . . . eh . . . entonces me pondré en marcha —respondió Box.

☆

ROYCE Y su escolta cabalgaron a lo largo de una cresta. Hizo que la columna se detuviera y le señaló a Lavar que se acercara. Caía la noche.

—Tengo la sensación de que a Cass podría caerle bien un poco de ayuda. Voy a regresar. Los alcanzo después. ¿Podrás controlar esto? —preguntó Royce.

—Claro.

—Si llegan a toparse con Osceola y los suyos no tomen prisioneros, ¿entiendes?

Lavar asintió y Box se alejó a galope.

☆

EL CAMPAMENTO semínola estaba muy tranquilo. Todos los hombres en condiciones de hacerlo estaban fuera peleando. En algunas ventanas de las chozas de adobe titilaba la luz de una vela. Dupuy y Loughlin avanzaban sigilosamente entre las sombras a lo largo del perímetro del campamento. Cuando llegaron a casa de Teresa y Sonny, Dupuy le hizo una seña a Loughlin para que custodiara el frente.

En el interior, Teresa estaba acostada en un catre. Leía con luz de vela. Escuchó un ruido y estiró la mano para alcanzar la pistola que tenía a un lado. Dupuy entró al cuarto. Se paralizó al ver el cañón de la pistola de Teresa. Él tenía una expresión trastornada, perversa.

—Te he estado esperando —dijo Teresa.

—A tu madre le gustaba leer en cama. Te pareces mucho a ella.

—Debió haberte matado. Me habría ahorrado la molestia.

—Esa no es forma de hablarle a tu padre querido.

Dupuy desenfundó su Stetson muy lentamente y, con un movimiento veloz, apuntó a la vela y apagó la flama. El cuarto quedó a oscuras y de inmediato se escuchó el sonido de un cuerpo desplomarse.

Royce Box encendió la vela y se paró sobre Dupuy. Teresa estaba en el extremo del cuarto, con la boca abierta, mirando a su padre horrorizada, asiendo con fuerza el revolver que tenía junto a ella. Dupuy estaba derrumbado contra la pared. Tenía un cuchillo clavado en el estómago y los ojos muy abiertos. Su mirada iba de su hija a su amigo en un frenético intento por comprender qué acababa de ocurrir.

–¿Qué..? ¿Por qué?

Royce tomó un pedazo de cuerda de su bolsillo trasero.

–Dame el arma –le dijo Royce a Teresa.

Ella retrocedió y él le propinó una fuerte bofetada.

–¡Haz lo que te digo, carajo!

Él le arrebató la pistola y por la fuerza le ató las manos detrás de la espalda. Teresa no se resistió. Dupuy los observaba a través de sus ojos vidriosos. Su boca se movía pero no pronunciaba palabra alguna.

–Vas a venir conmigo, Teresa –dijo Royce.

Dupuy intentó llamar a Loughlin para que viniera a auxiliarlo pero unos segundos después su hija y Royce Box se habían ido. Estaba muerto.

☆

LOS CABALLOS de Sonny y de su destacamento abrevaban en Yaqui Creek cuando los esclavistas abrieron fuego desde su escondite, comandados por Lavar.

Al principio la emboscada funcionó. Pero conforme los hombres de Sonny se separaron y se apertrecharon para disparar, se hizo evidente que la mayoría de los hombres de Dupuy estaban reticentes a enfrascarse en ese tipo de lucha. Los semínolas montaron un ataque directo y entablaron un combate cuerpo a cuerpo con los esclavistas. Después de que Lavar resultó abatido, el resto de sus hombres se diseminaron en las colinas, dejando atrás a sus muertos y heridos.

Sonny y un semínola llamado Jumper hicieron el recuento de sus bajas: tres hombres muertos y tres heridos. Uno de los esclavistas se quejaba mucho. Sonny se hincó junto a él.

—¿Quién los envió?

—El capitán Dupuy.

—¿Sabes dónde está?

—No estoy seguro. Tal vez haya ido al pueblo de los semínolas. Algo sobre su hija . . . Maldición, voy a morir, ¿verdad?

—Sí vas a morir.

Sonny corrió a montar su caballo.

—¡Voy al pueblo! ¡Jumper, encárgate!

—¿Qué quieres que haga con este hombre?

—No me conviertas en mentiroso. Mátalo.

Cuando Sonny salió cabalgando escuchó una detonación.

Se dirigió al pueblo semínola. Sólo había mujeres. Desmontó y vio a Esperanza.

—Sonny, anoche hubo problemas. Hallamos a dos hombres blancos muertos. Uno afuera de tu casa, degollado. El otro, en el interior, tenía un cuchillo en el vientre.

—¿Y Teresa?

—Teresa se fue.

—¿Se fue a dónde?

—Creo que los hombres blancos vinieron por ella.

Sonny corrió hacia su casa.

En el interior, se hincó junto al cadáver de Dupuy. El cuchillo ya no estaba. Se incorporó y vio que Esperanza lo había seguido. Él salió sin decir nada.

☆

AL ANOCHECER el coronel Langberg dirigía a los doscientos hombres de las fuerzas de defensa del estado por la planicie de Rosita. Detuvo la columna cuando a la distancia vio aparecer a los guerreros semínolas en la parte inferior de las colinas rocosas. Los mascogos –los negros– estaban notablemente ausentes. Langberg cabalgó hacia Sonny, que iba a la vanguardia de los semínolas. El coronel evaluó las fuerzas de Sonny y centró su atención en su líder.

–No esperaba ver a los semínolas comandados por un hombre de una tez tan clara.

Sonny no respondió.

–¿Tus hombres están preparados para la batalla?

–¿Y los tuyos?

–¿Dónde están los mascogos?

–Se desplegarán después.

–Bien. Entonces adoptaremos una posición contra los insurreccionistas en la base de aquellas colinas. Si planean tomar la capital por la fuerza tendrán que atravesar esa línea de defensa.

–¿Cuál es su posición?

–Nos están rastreando y deben de llegar ya entrada la noche. Entablaremos combate cuando establezcan su campamento provisional.

El coronel Langberg y Sonny dieron la vuelta en sus caballos y llevaron a sus respectivos ejércitos a las colinas para aguardar a los insurreccionistas.

☆

ROYCE ESTABA acuclillado junto a una pequeña fogata, rostizando un trozo de carne en una brocheta. Teresa estaba en el suelo, recargada contra un tronco. Tenía las manos amarradas al frente para cabalgar, pero sus pies estaban atados. Los caballos descansaban bajo un árbol.

—Lo que sea que tengas en mente, no va a funcionar. En todo caso, no es a mí a quien quieres realmente.

—¿Y tú qué sabes de lo que quiero?

—Soy mujer de otro.

Royce le desató las manos y con un cucharón le sirvió algo de comida. Ella lo estudió con sagacidad y mucha calma.

—Pienso comportarme correctamente contigo.

—¿Llamas a esto correctamente, secuestrándome?

—Tengo la esperanza de que lleguemos al punto en que no consideres esto un secuestro. Pensé que quizá te gustaría conocer el mar. Yo podría llevarte.

—Ah, sí: quieres llevarme a la isla de la que hablamos. Algún día veré el océano si es que así debe ser.

—Lamento haberte golpeado. Tenía que hacerlo.

—Sé por qué lo hiciste. Querías que él muriera pensando que aún estabas de su lado.

A Royce le impresionó su agudeza.

—Si esperas que te agradezca haber matado a mi padre, considéralo hecho. En cuanto a salvarme de él, tendrías que haber llegado mucho antes.

—Lo sé. Siento mucho . . . siento mucho todo eso.

—¿Es decir que lo sabías? ¿Todos estos años?

Royce asintió. Teresa se hizo a un lado. No quería que Royce la viera llorar.

Pequeñas fogatas titilaban a lo largo del horizonte en el campo de batalla semínola. Todo estaba muy callado. Empezó a soplar un leve viento. Sonny y Ezra vigilaban.

—Siento mucho lo de tu mujer. Si no tuviéramos esta batalla mañana, imagino que tú y yo podríamos buscarla, como lo hicimos con los comanches.

Sonny no dejó de mirar la oscuridad.

—Nunca he estado en una batalla de verdad —dijo Ezra.

—¿La última no contó?

—Esa no fue una batalla, fue una escaramuza.

—Bueno, entonces supongo que yo tampoco he estado en una batalla de verdad.

—El viejo John era otro tipo de hombre —dijo Ezra.

—Era semínola —Sonny miró a Ezra—. Y ahora tú también lo eres.

☆

ESTABA POR amanecer en el campamento de Royce y Teresa. La fogata empezaba a extinguirse. No habían dormido. Él caminaba de un lado a otro, con una botella de *whisky* en la mano. No llevaba sombrero y su rostro se veía completamente vacío de lo exhausto que estaba emocionalmente. Teresa continuaba en la misma posición que antes pero ahora también sus pies estaban desatados y tenía una manta sobre los hombros. Miraba a Royce.

—Cuéntame —dijo Teresa.

—Escuché que me llamaba a gritos. Decía mi nombre. No sabía qué hacer. Sonaba como si él fuera quien estaba siendo atacado. Escuché algo en sus palabras que era completamente atroz. Aún puedo escucharlo. Y después . . .

—¿Qué? Continúa Royce. ¿Qué escuchaste?

—El sonido de alguien al desplomarse . . . como cuando alguien cae al suelo. Entré corriendo y allí estaba ella en el piso. Le salía sangre por un lado de la cabeza. Cass lloró desconsoladamente. Es decir, gritó como si le arrancaran las entrañas.

—¿Por qué pelearon? ¿Te lo dijo?

—Sí. Me dijo que era por ti.

—Mamá quería que él se detuviera.

Royce se quedó inmóvil y la miró.

—Pásame esa botella —dijo Teresa.

Royce se la dio y ella le dio un gran sorbo.

—El forense dijo que fue un ataque cardíaco —afirmó Teresa.

—El viejo McWilliams le debía muchos favores a Cass.

Exhausto por su confesión, Box se desplomó junto a su saco de dormir y cerró los ojos. Teresa lo miró a través del fuego, con una expresión menos severa. Lentamente, se incorporó y fue a sentarse junto a él. Ella posó su mano sobre su brazo.

—¿Pretendes que me quede contigo para siempre, o sólo hasta que me enamore de ti?

Él alzó la cabeza y la miró. Intentó decir algo pero no pudo.

—Te lo digo Royce, si te gustan las apuestas pon tus fichas en *para siempre*.

Teresa le dio un beso.

☆

DOS INSURRECCIONISTAS voluntarios, ambos texanos, vigilaban la planicie de Rosita, dando zapatazos por el frío. Desde su posición de ventaja podían ver las diminutas fogatas del sitio donde se encontraban los combatientes a una milla hacia el este. En la penumbra uno de los hombres examinó esas hileras con un pequeño catalejo.

—¿Qué ves? ¿Están preparando quimbombó para el desayuno?

—Ya quisieras. No he visto a un solo negro. ¿Cómo vamos a ganar todo ese dinero del que he oído hablar si aquí no hay un maldito negro?

Le pasó a su compañero el catalejo y enrolló un cigarrillo. Ahora su camarada revisaba el terreno de batalla con largos movimientos laterales, de un lado a otro. Justo entonces, el sol salió sobre el horizonte.

—¡Santo Dios! ¿Quieres hablar de negros? ¡Mira esto! ¡Debe de haber cien!

Le devolvió el catalejo a su compañero.

—¡Vamos por ellos!

CUANDO EL sol apareció a sus espaldas, los guerreros semínolas emergieron de unas enormes grietas que había en las colinas de roca. Los negros semínolas se desplegaron en forma de arco gigantesco frente al enemigo. Clavaron dos estacas en el suelo y entre ellas estiraron cintas de cuero para mantener estables sus rifles. Mientras tanto los indios semínolas y los milicianos permanecían ocultos.

La estrategia era clara: los negros serían la carnada para atraer a los esclavistas.

☆

JOSÉ CARVAJAL y Santiago Vidaurri evaluaban su ejército dispar. Vidaurri vio a través del catalejo el terreno que estaban por cruzar.

—Aún no hay señales de la milicia.

—¿Dupuy ya estará con los texanos?

—No. Todavía no lo han visto. ¿Crees que pelearán sin él?

—Claro. Ya conoces a esos texanos, son unos locos y unos borrachos. Suéltalos y mira lo que pasa.

☆

LOS TEXANOS cargaron contra las posiciones de los negros semínolas. Al hacerlo, los milicianos aparecieron por un flanco. Los indios semínolas, comandados por Sonny, se dejaron ver por el otro. Los insurreccionistas fueron atacados por ambos lados a la vez. Ezra comandó la lucha al frente, dirigiendo una lluvia de fuego de artillería. Los insurrecionistas se replegaron y huyeron hacia Piedras Negras.

☆

–QUIZÁ PODRÍA hacer algo distinto con mi vida –dijo Royce–. Prácticamente lo único que he hecho es perseguir hombres, ya sea para matarlos o para golpearlos. He matado a muchos. Claro, casi todos ellos querían matarme a mí.

Teresa, Royce y sus caballos caminaron por una cima rocosa.

–¿Crees que la vida de ciudad me sentaría bien? ¿Tal vez en San Antonio?

–Por qué no intentarlo, Royce. Aún eres un hombre bastante joven. Y bastante apuesto.

Detuvieron a los caballos y se miraron. Teresa sonrió. Royce casi lo hizo.

–Bueno, aquí es donde me despido. El río no está muy lejos.

Teresa miró más allá de donde él estaba y apuntó con la mano. En el aire se elevaban gigantescos pilares de humo.

–¿De dónde crees que provenga eso? –preguntó Teresa.

–Parece que es en los alrededores de Piedras Negras –respondió él–. ¿Sabes? No quiero saber.

De nuevo, se miraron.

–Adiós, Royce. Tal vez volvamos a encontrarnos.

Él montó su caballo, se quitó el sombrero y cabalgó fuera de la vida de Teresa.

☆

EN PIEDRAS Negras los insurreccionistas incendiaban el pueblo para cubrir su retirada. Huyeron en dirección al río. Cuando los milicianos y los semínolas se juntaron, desmontaron y combatieron el fuego, lo que permitió a los insurreccionistas escapar.

☆

DESDE LO alto de una cima Jumper divisó a Teresa cabalgando hacia el sur y, por otro lado, a Royce Box que bajaba por la colina hacia el río. Jumper sacó su rifle y lo siguió.

☆

LOS INCENDIOS en Piedras Negras estaban sofocados o por extinguirse. El pueblo estaba devastado. En la calle había perros y caballos muertos, y muchas personas caminaban heridas. Por todos lados había indios semínolas exhaustos, algunos entremezclados con los soldados del coronel Langberg, y otros recargados contra los edificios. Sonny y Ezra recorrieron el pueblo a pie, evaluando el daño.

—Ahora ya podemos decir que estuvimos en una batalla, Ezra.

—Supongo que sí.

—Quiero que vuelvas al pueblo con los hombres. Yo voy a buscar a Teresa.

—¿Necesitas que te acompañe? Si quieres yo le disparo al tipo ese para que tú no tengas eso en tu conciencia.

—No. No voy a tener conciencia si las cosas llegan al punto en que tenga que matarlo.

El coronel Langberg se acercó a galope. Asintió respetuosamente ante Sonny y Ezra, que se detuvieron en la calle.

—Tu gente peleó bien. El estado de Coahuila tiene una deuda de gratitud con ustedes. Hemos decidido trasladarlos al sur al pueblo de Río Nido donde hay agua buena.

Sonny lo miró directo a los ojos.

—Esa no es exactamente la gratitud con la que hemos estado contando, coronel. Nos vamos a trasladar a Nacimiento.

—Sonny, ¡mira! —exclamó Ezra.

Teresa llegó al pueblo a caballo avanzando lentamente.

Sonny corrió hacia ella y tomó las riendas de su caballo. Ella se deslizó de la silla de montar y cayó en sus brazos.

–Teresa, ¿qué te ocurrió?

A la distancia se escuchó el disparo de un rifle, seguido de un segundo disparo. Mientras Sonny Osceola arrullaba a Teresa en sus brazos, el coronel Langberg dio media vuelta en su caballo y se fue.

Teresa miró a Sonny a los ojos:

–Yo estoy bien.

Unos minutos más tarde, cuando Ezra, Sonny y Teresa ya se habían ido, el caballo de Royce Box trotó calle abajo sin su jinete.

☆

LAS TRIBUS se desplazaban por el cañón. Algunos a pie, otros a caballo. Llevaban sus pertenencias en carretas y carretillas. Con ellos venían muchos bueyes, burros, cabras y perros. Incluida en la procesión estaba la caravana de don Alfredo y su teatro itinerante.

☆

DESDE UNA meseta sobre Nacimiento, tres pequeños ríos convergían en lo más alto del valle. Álamos en flor bordeaban los arroyos. La cuenca era exuberante y llena de verdor. Una iglesia abandonada y algunas casas de adobe en ruinas era lo único que quedaba del pueblo después de años de salvajismo y pillaje. Los semínolas entraron a ritmo de "La Paloma", que don Alfredo interpretaba en flauta, sentado al frente de su carreta al lado del conductor. Al costado, Sonny y Teresa caminaban uno al lado del otro. Dentro de la caravana, el cuerpo de John reposaba sobre una estera de pieles. Esperanza estaba sentada junto a él, con su perpetua expresión de fiereza, pero ahora lloraba.

FIN

BLACK SUN RISING takes place on the Mexico-Texas border in 1851. Historical fiction written in a style that could be described as western *noir*, it is a recounting of the Seminole Indian migration from Florida to Oklahoma and Texas to Nacimiento in the Mexican state of Coahuila, and also the story of the fugitive slaves from the American South who came to be known as Black Seminoles, or Mascogos. Together with the Seminoles and a handful of sympathetic whites, they comprised the first integrated tribe to establish themselves on the North American continent. At the heart of the novel is the romance between Sonny Osceola, a son of the great Seminole chief Osceola, who was assassinated by U.S. soldiers, and Teresa Dupuy, a wild and rebellious daughter of the rancher Cass Dupuy, a former Texas Ranger and slavehunter, who is violently opposed to their union. Populated by such colorful characters as the Seminole and Mascogo leaders Captain Coyote and John July, Insurrectionists from the secessionist state of Coahuila, the German warlord Colonel Emilio Langberg, and raiding border bands of Comanches and Apaches, *Black Sun Rising* is a terse but poetic tale set in a too little-known time and place in American and Mexican history, one deserving of being remembered.

To the memory of Jim Hamilton

"Living is a very dangerous business."
—João Guimarães Rosa,
The Devil to Pay in the Backlands

"He understood that one destiny is no better than another, but that every man should revere the destiny he bears within him . . . He understood his intimate destiny, that of wolf and not of gregarious dog."
—Jorge Luis Borges,
Biography of Tadeo Isidoro Cruz (1829-1874)

John July

Preface to *Black Sun Rising,* or *La Corazonada*

I BECAME interested in the history and plight of the Seminole Indian tribe when I was a boy. My mother and I would often stop at reptile farms in Florida on drives between our residences there and in Chicago during the 1950s. We came to know several of the caretakers and employees of these reptile farms well enough that we were regularly allowed entry very early in the mornings, hours before the farms opened to the public. I got to know a few of the Seminole boys who worked or had worked as alligator wrestlers, some of whom had lost parts of or entire fingers having failed to get their hands out of the way of gators' jaws before they snapped shut. These boys continued working at the farms watering bird cages, cleaning snake enclosures and feeding the large reptiles, tossing hunks of meat at them with pitchforks.

As I got older, I read all I could about the Seminoles and how they combined with fugitive slaves, intermarrying with them, resulting in an integrated tribe known as Mascogos, or Black Seminoles, who, in the mid-nineteenth century, established a settlement in the state of Coahuila in northern Mexico. I wrote a story about this little-known coalescence with the idea that it could have been made into a film by one of the greatest directors of westerns, such as Raoul Walsh, John Ford, Howard Hawks or Sam Peckinpah. Unfortunately, by the time I finished writing it, most of these directors had retired or died, and the movie studios had virtually ceased producing westerns

altogether. *Black Sun Rising,* or *La Corazonada,* as I titled the story, is meant to be read with this in mind. It is published here in its entirety for the first time.

—B.G.

AFTER THE forced evacuation of the Tribes from Florida, when he was imprisoned at the relocation camp in Oklahoma, Captain Coyote had a vision that he and the Seminole nation would one day find a new homeland in another country. Once they had found it in Nacimiento, a Mexican granjero told him this presentiment had been una corazonada, a premonition from the heart.

☆

Coahuila, Mexico, 1851. Near the Texas border.

A black woman and her two children, a boy, ten, and a girl, seven, were bathing in a shallow stream near a stand of cottonwood trees on a hot, dusty afternoon. The children laughed and splashed in the water as their mother watched. The three of them were naked.

Suddenly, there came the sound of horses galloping, gathering like thunder. From out of the trees two white men on horseback exploded into view. They bore down on the woman and her children. One of the riders swooped up the boy onto his saddle, the other did the same with the girl. Together the horsemen dashed across the stream. The children's mother threw herself in the path of the horse bearing her daughter and was knocked down. The kidnappers disappeared over the rim of the arroyo and were gone.

The woman stood again and looked briefly in the direction the horses had vanished, then picked up her burlap shift and pulled it over her head. She began running in the opposite direction.

☆

A MAKESHIFT tribe of Seminole Indians, originally mostly Southern Creeks from Georgia and Florida, and fugitive slaves, known as Mascogos, collectively numbering about four-hundred, had established a camp at the mouth of a rugged, mesquite-filled canyon called El Moral. These were remnants of the people who had survived the long Seminole Wars and relocation from Florida to Oklahoma, and runaways from the Confederate states. The groups had banded together in Mexico in an attempt to live as free men and women.

The tribe had two leaders: John July, a tall, imposing, middle-aged man of striking dignity who was one-quarter Creek and three-quarters black; the other, Captain Coyote, a full-blooded Seminole warrior, a moody, unpredictable man slightly older than John, mischievous and playful one moment, somber and deadly the next. Together they shared responsibility for the welfare of their combined people.

The woman who had been bathing her children came racing into the encampment, staggering from exhaustion. Members of the tribe immediately rushed to her side. Directed by John and Coyote, a rescue party comprised of three Indians and three Mascogos leapt on their horses and rode off in search of the children.

☆

THE RESCUE party, making use of their excellent tracking skills, headed toward the border. One of them pointed toward the side of the arroyo, made another sign and the party split in half.

The two white slavers loped their horses easily toward the Rio Grande, each holding a child. When three of the Seminoles appeared at a gallop, headed straight at them, the slavers spurred their horses into the river and started across the shallow water toward Texas. The other three Seminoles approached from a different angle, having circled around to take the men by surprise. The slavers halted their horses abruptly and in a moment realized that they were at a disadvantage. Simultaneously they dropped the children into the river and spurred their mounts for the bank on the Texas side. The Seminoles fired their rifles at the slavers but did not hit them, then gathered up the children and headed back toward their encampment. Across the river the two slavers sat their horses and watched the Seminoles disappear. After a few moments, the white men turned and headed north.

☆

WHITE-PICKET FENCES, outbuildings, and a manicured lawn and garden surrounded an immaculate ranch-house in Brackettville, Texas. Everything about this spread suggested a neatness and cleanliness to an almost severe degree. Even the cattle grazing nearby looked like they were part of a well-ordered world.

Inside the stables, Sonny Osceola was grooming a horse. He was in his mid-twenties, a Seminole Indian of mixed white and Creek blood, and an exile from both worlds. He was a cool looking customer, wary, alert, with a certain regal air.

Teresa Dupuy rode in and halted her horse. She shaded her eyes from the sun and looked toward the barn, then at the house as if she were being watched.

"Sonny! Sonny, where in blazes are you?"

Teresa dismounted and tied her horse up. She looked toward the stables and a slow grin broke across her face. Teresa was twenty-five, blonde, beautiful and bold. She was hatless and tossed back her long unruly hair and headed for the stables. It was her walk that defined her character in many ways: the long, easy strides of a physical, sexually precocious young woman, confident and headstrong.

Sonny stood just inside the entrance, secretly watching Teresa's approach. He grinned, turned away and resumed grooming the horse. He heard Teresa's boots crunching on the ground, getting closer and closer; Sonny pretended he didn't know she was coming. Suddenly Teresa slipped under the horse's neck and kissed Sonny full on the mouth, hard, open-mouthed, and possessive.

"You saw me, didn't you? Why didn't you answer?"

She nuzzled him, bit his ear, and pressed closer.

"I got better things to do than watch you."

"Liar!"

They kissed hotly, then Sonny broke away.

"Hey, your old man's about due."

Teresa pulled Sonny into a tack room cluttered with horse paraphernalia and the reek of old leather, clutching and kissing him. They tore at each other's clothes with erotic abandon, struggling to get their boots off. This was where Sonny lived as a hired hand. They started on a cot but ended up writhing around on the floor, Teresa on top one moment, Sonny the next. There was an urgency to their love-making, a desperation, a wild tenderness.

Later, as Sonny and Teresa lay in each other's arms, a shadow darkened on Sonny's face. Teresa did not see this change but she felt it and she stiffened, without even looking at him.

"Where'd you go?" Teresa said.

"Huh?"

"You were just here and then you weren't. What's wrong?"

"Nothin's wrong."

"Sonny . . ."

"We can't keep doing this. I'll end up with a load of buck-shot in my ass. Or worse."

"You're lying. You're not afraid of him."

He studied her for a moment; she was right—he wasn't afraid of her father, but Teresa was another matter.

"Come on, you don't have to hold back with me. You know that."

"The Tribes are in Mexico, not far from the border," said Sonny.

"Are you sure?"

He nodded.

"I ran into two Seminoles the other day in Eagle Pass. More'n three-hundred of 'em are down there now. They refused to stay on the reservation in Oklahoma."

Teresa got up and started dressing quickly.

"Come on," she said, "let's go talk by the creek."

Sonny and Teresa saddled up their horses and rode out just as her father, Cass Dupuy, and his close friend, Royce Box, came loping in on their horses. Dupuy motioned for Sonny and Teresa to stop. He was just on the north side of fifty, a hard-looking man as befit a captain in the Texas Rangers. Royce Box, his sidekick and head wrangler, was fifteen years younger, also a former Ranger, a very physical, quiet man with a hooded, reined-in look. Taken together, these two men had many times struck fear into the hearts of the wayward and the lawless.

"What's this?" said Dupuy.

"Just moseyin' out for a little ride," said Teresa.

Dupuy crossed one leg over his saddle, took out his snuff box and started packing his lower gum, all the while eyeing both of them, back and forth. That bulging lower lip gave his countenance a peculiar menace.

"Ain't you got chores?" Dupuy asked Sonny.

"Just shoed this little mare. Thought I'd loosen her up."

Throughout this tense exchange Royce Box stared at Teresa in a certain proprietary way that even he was not aware of. What did catch Royce's attention was Teresa's disheveled state and also a loose piece of straw clinging to her hair, evidence of her recent carnal interlude. He shot an apprehensive glance at Dupuy to see if he noticed but Dupuy was busy eyeballing

Sonny. Royce shifted his attention to Sonny as well, open hostility in his eyes.

"See you're back quick."

Dupuy leaned out over his saddle and spit a gob of snuff juice, as Sonny and Teresa passed.

☆

SONNY TOSSED pebbles into a secluded creek near a few cottonwood trees where he and Teresa's horses were tethered in the shade. Teresa sat down on the grassy bank and stared at the gently flowing stream.

"So that's why Daddy and Royce and them been crossin' the border at night."

"They're slave-hunters."

"Well, never mind. My father is a different piece of business. What I'm asking you is, would you trust the Mexican government? They got a revolution every other day down there. How can they keep promises? Besides which, they won't give your people land out of the goodness of their hearts."

"True," Sonny said.

"How long have they been in Mexico?"

"I don't know. Not long. They left Florida damn near two years ago. Many died on the trail from starvation, fighting other tribes, sickness. There's a mess of Mascogos travellin' with 'em, too."

"Mascogos?" Teresa asked.

"They're black slaves who've run away from plantations in Georgia and Alabama, then crossed into Florida when the Spanish owned it and lived among the Seminoles, who were mostly breakaway Creeks. Some even intermarried. They fought the government right alongside the Seminoles. A lot of 'em spoke good English and knew how to read between the lines of a treaty. Seminole means to break off, to secede."

"I never heard of slaves and Indians livin' together before."

"Some whites, too. My grandfather, William Powell, was a white trader.""These two men you saw, did you tell them who you are?"

Sonny sat down next to her.

"Naw. They just figured I was some border breed."

Teresa moved as close to him as she could get, and ran her hand lightly through his hair.

"But you're the son of Osceola, a Seminole chief."

"They wouldn't have believed me."

"Leader of an undefeated people," Teresa continued. "But you weren't one of them, one of the undefeated. That's what's been eating away at you all these years, hasn't it?"

Sonny shrugged. She put her head in the crook of his shoulder.

"You should be proud. I wish I had Indian blood in me."

"I like your blood just fine."

"Instead of what I got," Teresa said, almost under her breath.

"Teresa, you have to stop talkin' that way. You got your mother's blood in you, too, don't forget."

Teresa felt a mood shift coming on, and looked away.

"You never did tell me how she died."

"Her heart froze over. Listen, Sonny, would you mind riding on back to the ranch without me? I need to be alone for a while."

☆

TERESA RODE her horse slowly along the grassy edge of a small lake on the ranch. The horse was limping noticeably so she dismounted and checked the horse's ailing hoof. She saw that he had thrown a shoe. She looked off at a tiny knoll of dry land in the middle of the lake, with a willow tree growing out of it. Teresa was enchanted by the solitude of the setting. She started walking her horse toward home, her head down, absorbed by her thoughts.

Royce Box happened to be riding past the same lake, but did not see Teresa. He glanced sharply at the ground near the grassy bank and saw some tracks, which he followed until he spotted her. He rode up alongside. She looked up at him and smiled.

"He throw you?"

"Naw, just a worn-out shoe. Put a little split in it."

Royce motioned with one hand to his saddle.

"Want to climb on? I'll see you home."

"I'd just as soon walk, thank you."

Royce shook his head.

"I never was much for walkin'. Got on a horse before I could."

"It's when I do my best thinking," said Teresa.

"That a fact? Well, I might could give it a go, I guess. If you don't mind."

Royce dismounted and they walked in silence for a while, leading their horses. Royce had never been alone with her before.

"Mind if I ask what you're thinkin' about?"

Teresa hesitated, then said, "You'd never guess."

"You'll have to tell me, then."

Teresa made a sweeping gesture with her free hand. "What if all this country was water instead of grassland? What if we were completely surrounded by water?"

"You're right, I wouldn't have guessed that's what was on your mind. You mean, if this was all one big ol' pond, like that one back there?"

"Yeah. But I think of it as a lake, not a pond. I've had dreams about that little lake, and they always make me wish I was somewhere else."

"Near an ocean, maybe."

"I dream about oceans, too. Fact is, for a rancher's daughter I love water a whole lot better than I do country."

"Dreamin' about what you don't have."

He glanced sidelong at her. She chewed on a long blade of grass, her thoughts a million miles away, so he let his eyes linger on her face.

"Well, then . . . Aw, never mind."

"What? Go on, don't be shy," Teresa said.

"Well, if this was all water and we're here, walkin' along like this, why, then we'd be . . . on an island."

Teresa looked up at him, delighted with his response.

"That's right! Just me'n Royce Box, stranded on an island. Whoever would have thought of that?"

She laughed. Royce stifled a grin, turned his head away from her, then slapped the reins to his horse hard against his thigh.

☆

CROWDS OF people bustled about at a fairgrounds on a Saturday afternoon. Horse and buggies arrived, men on horseback rode in, and kids ran around among the stalls selling food and other wares. The voice of an auctioneer could be heard above the crowd noises. Behind the fairgrounds, where stock the cowboys and ranchers had brought to town for sale were standing about, stood Sonny Osceola. He was busy preparing a horse for the auctioneer's eye, assisted by a Mexican boy. A bowl filled with eggs sat near their feet. The boy broke them up and stirred them vigorously with a stick.

"Hey, O-See-Oh-La! What're you fixin' to do, serve that horse for breakfast?!" Royce Box boomed from a distance away.

There was a burst of derisive laughter from Royce's audience. For just an instant Sonny froze at hearing his name so grossly mispronounced; he turned slowly around and looked for Royce. He spotted him perched on the fence railing along with several cowboy friends all in a row, watching the action. Royce grinned: it was his show, and the other cowboys were entirely under his influence. Sonny's eyes moved along the row of men, a sort of half-smile on his face: I've been here before, the smile said.

"Now the egg. Rub hard," Sonny said very low to his helper.

The boy plunged a sponge into the mixture and began rubbing the colt down with it. The horse's coat gleamed in the sun. Sonny looked pleased.

"It appears to me, boys, O-see-oh-La is tryin' to cover up somethin', the way he's polishin' that ol' horse," Royce yelled.

Two older Seminole Indians, in town to buy goods, were wedged in with other onlookers. No one paid them the slightest attention; in fact, they could have been invisible. They watched Sonny intently. Sonny touched the boy's shoulder, motioning for him to pay attention. His hands explored the horse's flanks, the neck. He gently rolled back the eyelids for a look, then raised a lip to check his gums, all the while murmuring to the boy, teaching him.

"See? Notice the ribs, how strong he is . . . and his teeth look good. And always look into a horse's eyes. Sometimes you can see what they're made of. This is a fine animal."

"Maybe he don't want the buyer to see what kind of blood's runnin' in that cayuse's veins," said Royce.

At this the eyes of the two Indians widened. One nudged the other and they peered in between the railings for a better look. A tense silence fell over this corner of the stock arena. Royce very carefully eased himself down from his perch on the railing, then leaned back against it and folded his arms.

"But if a horse has got bad blood, there ain't no way it can be covered up."

"Could be it ain't a horse, either, Royce. Maybe it's a mule," said one of the cowboys.

There was a chorus of laughter following this remark. Sonny's eyes were half-closed and he somehow made his whole body go completely lax. He was almost somnolent. The two Indians watched Sonny carefully as Royce began to get a little irritated that he was not getting a rise out of his target.

"Numbers ten through fourteen over here at the registration table!" shouted the auctioneer. "Y'all come on, boys! We got bidness to do!"

Royce started walking toward Sonny, who had now slipped a halter on the horse, getting ready to move out.

"A bad blood horse cain't be trusted around other horses,"

Royce said. "You cain't trust 'em with the boss's equipment, you damn sure cain't turn your back on 'em."

He closed in on Sonny, thrusting his face close to his, everyone else out of earshot now.

"Don't think I don't know what you're up to, boy. And don't think the Captain don't know, neither. You're playin' a losin' game, mixin' with men."

Sonny stared evenly into his eyes.

"No need to bother with me, then, is there?" said Sonny, and he led his horse away.

The two Indians nodded to one another, then vanished.

☆

A SMALL band of Mescalero Apaches peered down on a Mexican village from behind huge boulders on a hill above. In the village a small cornfield, a couple of cows, an ox and a cluster of adobe huts could be seen. Villagers were performing various chores. The leader gave the signal to attack and the Indians mounted up. Their war cries pierced the air and they swooped down on the village.

"Apaches!" a villager shouted.

They killed with bows and arrows, knives and rifles. One marauder shot a cow with arrow after arrow, then butchered the animal while it was still alive. Women screamed, children fled. The killing was savage, complete, and performed in a manner that boasted no fear of reprisal.

☆

PIEDRAS NEGRAS was a dusty, rundown Mexican village where official border business was taken care of. Characters hanging out there could be up to anything—smuggling, kidnapping, bounty hunting, murder, revolution. John July and Coyote rode slowly into town. Coyote was dressed in full Indian garb, with long feathers sticking up out of his headdress and white silk stockings, and he carried a long sword at his side. John also was armed, with a huge Bowie-style sheathed knife at his belt. The two comrades looked fearless and relaxed, indifferent to the stares from denizens of the town. John and Coyote reined in their horses and looked longingly at the cantina. They exchanged ironic smiles. Coyote licked his lips in an exaggerated manner.

"We'll talk better if we have a taste of whiskey," Coyote said.

"This is the kind of town has more juzgados than churches. Let's take care of business first."

☆

THE VERY soul of Mexican bureaucracy, Sub-Inspector General for the State of Coahuila Juan Maldonado sat behind his desk chewing a soggy cigar. John and Captain Coyote stood in front of his desk.

"It is most important, gentlemen," said Maldonado, "for you to know that El Presidente welcomes you and your peoples to Mexico but wishes you to realize that we have no quarrel with the United States. We have plenty of our own here. And he asks that you honor our laws and our customs, the same as you would in the United States."

"We will honor your country as a land of liberty. We come from a country where there is no liberty for our people," John said.

Maldonado blinked rapidly; he did not expect to hear such an articulate reply from a former slave. Coyote looked sidelong at John, then suddenly began speaking in Creek dialect.

"This man speaks like a fool. Tell him we have been fighting the United States since before he learned to walk. Why does he think we are in his country? I could cut his heart out so quickly he'd never make a sound."

"My friend and fellow chieftain, Captain Coyote, says to kindly advise your President that we will not interfere with any troubles among its own people. Even our children will not be allowed to fight with Mexican children. We will take no sides and will honor your laws," John said.

Maldonaldo started shuffling some papers around on his desk.

"We are going to provide for you temporary permits to live

27

along the Rio Grande, until a deed to the land in Nacimiento consisting of fifteen hundred hectares is officially approved in Mexico City."

"How long will this take?" asked John.

"It is hard to say, *Señor.*"

John and Coyote looked at each other—two veteran negotiators who had begun to smell a rat.

"In the meantime, while you are waiting for the land to be approved, you will take up camp at El Moral," Maldonaldo continued. "From this location we would like you to offer your assistance to the government of Mexico."

In a low voice Coyote said in dialect, "Here it comes."

"And what is it that you would have us do?" John asked.

"El Presidente has heard that the Seminoles are great warriors. He is asking them to help Mexico in fighting the Mescalero and Lipan Apaches and the Comanches who prey upon our citizens along the border, so far from our capital."

"They want us to do their dirty work," John said to Coyote.

"Then we will need tools, and more land! And tell him we will take no scalps! No scalps!" Coyote replied.

John nodded and pretended to think over the deal by strolling about the room. Maldonaldo, meanwhile, struck a chauvinistic give-them-an-inch-they-take-a-mile pose.

"Advise your President that we accept his offer provided he will double the hectares to be granted us. Tell him also that we will take no scalps."

Maldonaldo bristled.

"Let me remind you that Mexico is providing you and your people with protection from your enemies, *Señor.* You do not make the demands."

"Mexico has spread out its arms to us," John replied. "But

our blood will soon be spilled on Mexican soil. Then we become a part of your country."

After a moment, Maldonaldo said, "Very well, I will send your request to Mexico City. But we expect you to engage the hostiles very soon."

"We will ride against los indios barbaros. But first we plant corn. And surely you can spare some oxen."

As John spoke, Coyote nudged him with an elbow.

"And an armorer."

"And perhaps an armorer, what we call a blacksmith, to make tools and weapons. Also—"

Maldonaldo waved in agreement, impatient to get them out of his office.

"Make a list. You'll get what you need."

☆

A GOOD crowd was on hand at a bucket-of-blood with a dirt floor and a very low ceiling. Included in the mix were two American surveyors, distinguished by their khaki outfits with broad suspenders and floppy hats, some Mexican soldiers, a few of their countrymen in sombreros and some other shady characters. None of these people were used to seeing a black man and a full-blooded Creek Indian in outlandish garb nonchalantly belting back shots of tequila in their saloon. Coyote turned toward the crowd, raised his glass and made a strange guttural sound from deep in his throat.

"Hough!!"

An immediate silence fell over the cantina. Then one of the American surveyors roared with laughter and turned to his partner.

"The Injun thinks he's sayin' 'bottoms up!'" he yelled.

Coyote couldn't figure out why his toast had not been accepted. John stared at him quizzically.

"What did you think you were saying?" John asked.

"In Florida once a soldier told me to say such a word. He say it means 'Howdy.'"

"Try it again."

"Ho-UYGHH!!!"

There was an outburst of appreciative laughter and the Mexican contingent hoisted their glasses and yelled, "Ho-UYGHH!"

The cantina suddenly erupted with infectious good spirit. Everyone joined in except for the two American surveyors.

One of the two, Stevens, stared intently at John – and that long Bowie knife.

"That big darky is supposed to be pickin' cotton in Texas," Stevens said, "not traipsin' around down here, drinkin' in a white man's bar."

"We're in Mexico now, not Georgia," said his cohort. "And in case you didn't notice, white folks is in the distinct minority here."

"It's got nothin' to do with where I'm from, goddamnit. That negro is some man's property."

"Wouldn't be too sure of that. He might just be one of them black Seminoles that's been driftin' west. They're different."

"What's that got to do with anything? Slavery is still legal in the Confederacy, and it's legal in Texas."

"Maybe he's one of them runaways made it into the swamps in Florida. Some intermarried with the Creeks. That'n no doubt has Indian blood in him. 'Bout drove Andy Jackson crazy down there. They never did surrender."

Stevens thought about this as he continued measuring John. He got up, moved slowly toward the bar and tapped John on the shoulder.

"Mind if I ask you a question?"

"Certainly not," John replied.

The room went quiet. One of the Mexicans, with bandoliers draped across his chest, nudged his drinking partner and grinned.

"Are you a cotton-pickin' nigger or a half-breed Indian?"

Captain Coyote put one hand on the handle of his sword and faced the room, eyeballing the number of potential adversaries they might have to face in a showdown. John didn't move a muscle or show the slightest sign of fear or tension.

"I am neither. I am a Seminole."

"You smell like a nigger to me," Stevens said.

Out came Coyote's antique sword. It made a rusty, screeching sound as it exited the scabbard. There were a number of men packing sidearms in the cantina but Coyote's sword commanded their attention.

"Mister, your nose betrays you. What you smell is the rotting of your own brain."

John sidestepped Stevens' first punch, spun him around and with one move took out his Bowie knife and neatly cut the man's suspenders across the back. The surveyor turned and tried to throw another punch but it was too late—his trousers slid down around his ankles and he pitched forward awkwardly onto the floor. There was a brief silence, followed by a thunderclap of stupefied laughter. Coyote and John looked at each other; neither was laughing. John nodded, Coyote put away his sword, they slugged back their drinks and walked out of the cantina as the humiliated surveyor struggled to get to his feet.

☆

MANY SEMINOLES were busy with domestic activities on the parched plot of desert given them by the Mexican authorities at El Moral. With plows and oxen, they were planting corn. A tiny stream flowed just past the campground. John and Coyote were watching everything from a vantage point above the encampment. The plow sent up great clouds of dust from the arid soil.

"Can we grow corn in such ground?" Coyote asked.

"Would you rather be back in the Everglades?"

Coyote grunted.

"Nacimiento is in a valley where three rivers come together. There is tall grass and good protection from the hostiles."

"How far?"

"Two days ride. I want you to see it."

"I have already seen it with your eyes."

"It will make a good homeland."

"Then we will get it. But first we have to figure out how these Mexicans think."

☆

COYOTE AND a party of ten Seminoles followed tracks in the desert sun. Some were on foot, their eyes glued to the ground, others rode in purposefully meandering ways. They proceeded silently. Suddenly Coyote made a series of rapid hand signals and those on foot mounted up and moved off in the direction he had indicated.

☆

AT AN Apache camp hidden like a sanctuary in a narrow canyon, a small group of Apaches were at rest from a recent raiding party, their horses tethered at the far end of the canyon. It was just after sundown.

Up on the canyon rim Coyote and his men were peering down. Coyote made a sign and two of his men using dead-fall tree trunks pried a series of large boulders loose in what became a terrific rockslide straight down into the Apache encampment. All hell broke loose below. Six of Coyote's men moved among the horses and untethered them and the diversion scheme worked to perfection. A stampede of the free-running horses exploded with all of Coyote's men aboard. It was a stunningly swift raid. The Apaches chased them for a few yards, then stopped and looked at each other in astonishment.

☆

SONNY PATCHED a section of barbed-wire fencing on the Dupuy ranch. Cass Dupuy rode up and beckoned for him. Sonny put down his tools and walked over and stood alongside Dupuy's horse. Dupuy handed him a slip of paper.

"When you finish here go on into town and pick up these supplies. Best take the buckboard to haul that feed," Cass said.

Sonny looked over the list and nodded his assent.

"You seen my daughter anywhere?"

"No, sir. But her horse is missin' from the corral."

☆

TERESA GALLOPED her horse hell-bent for leather across an expanse of sage-covered rangeland. There was exhilaration in her face due to the sense of freedom she felt in a moment of complete privacy. She halted suddenly when she spotted a man in a buckboard in the distance. Teresa stood up in the stirrups, shaded her eyes and identified Sonny. She started to call out his name then changed her mind, content to watch him in secrecy. Suddenly, she spurred her horse hard.

"Yaa-ahh!!" she screamed.

As Sonny heard this high-pitched cry and saw her coming, he snapped the reins to move the buckboard faster. Teresa rode up onto the road in front of him and then circled the wagon, grinning but not saying anything. Sonny just stared straight ahead as if he didn't see her. Teresa rode up alongside the buckboard, deftly jumped from her horse into the back and tied the horse off. Then she plumped down in the seat beside him.

"Mornin', stranger. Damn fine weather we're havin', ain't it?"

"Yes, ma'am, 'specially for South Texas. You from around here or am I gonna have to chase your tail to hell and gone?"

They both burst into laughter.

☆

SONNY AND Teresa rode down the main street of the bustling little town, Eagle Pass, a much-used route to California during the gold rush. There was an array of commercial enterprises. Teresa pointed to a covered wagon parked with a sign scrawled across the canvas: CALIFORNIA HERE WE COME!

Four local women and a bearded, bent-over '49er browsed a general store. The women studied this soiled, road-weary prospector who was buying some supplies.

" . . . 'bout as much chewin' tobaccy as you can spare, an' a couple pounds of coffee, long as you're at it," said the man.

"Can't but give you two sacks of chew. Think there'll be any gold left time you get to California?"

"Well, sir, you by God have just asked the big question, no doubt about it. If two sacks'll get me there, I might have a chance."

The '49er checked out the front page of a newspaper on the counter-top while his order was being filled.

"Damn!" he said.

The storekeeper turned and looked at him.

"Damn! Imagine that!"

The shop door jingled as Sonny and Teresa entered. All eyes were on them. One of the women, Mrs. Conover, looked stunned to see them together.

"Howdy, Miz Conover. How you doin'?" Teresa said.

"Just fine, Teresa, just fine."

She looked at Sonny with apprehension, then exchanged a nervous glance with another shopper. Meanwhile, the '49er

paid his bill, apparently still stunned by what he'd seen in the paper.

"Ain't no tellin' what some folks'll do," the '49er said, mostly to himself. Then, to the storekeeper, "Well, I'll skedaddle. Much obliged."

He picked up his goods and started for the door.

"Say, there's talk of a big storm comin' up out of Mexico. You might want to bed down here 'til morning," said the storekeeper.

The '49er waved and went out.

"What'll it be?" the storekeeper asked Sonny.

Sonny handed him the list Dupuy had given him. Teresa browsed around, doing her best to avoid any small talk with the local ladies. Sonny glanced at the newspaper lying on the counter. Very gradually, a shock of recognition came over him and he emitted a high-pitched yet muffled sound. Teresa reacted instinctively and moved to Sonny, who had dropped the paper and taken several steps backward. Teresa snatched up the paper and read, HEAD OF FAMED SEMINOLE CHIEF FOUND IN NEW YORK CITY FIRE. A large sketch of the ghoulish, shrunken head of Osceola, Sonny's father, illustrated the article. The paper shook in Teresa's trembling hands as she read the article. Not one of the customers moved so much as a muscle except for the storekeeper, who finished filling Sonny's order. Teresa, a horrified look on her face, put the paper back down on the countertop and stared at the other customers. Finally, the storekeeper spoke, looking directly at Sonny.

"That'll be four dollars and seventy-two cents, Sonny. You want it on Mr. Dupuy's bill?"

Sonny whipped out his knife and plunged it violently into

the discarded newspaper, pinning it to the countertop. The blade quivered directly above the word "FIRE."

☆

A DISTRAUGHT Teresa held the reins to the buckboard and drove it hard enough that her own horse, hitched to the rear, cantered at three-quarter speed to keep up. Sonny sat beside her, bent over with his head in his hands.

☆

AT AN abandoned army fort powerful winds bore down across the desert. A dust storm was in the making. Teresa whipped the buckboard into the fort, startling two wild burros who milled around near one of the rundown buildings. Sonny immediately jumped out and started walking in circles, first one way, then another, obviously trying to get his emotions under control. He kept clutching his head as if in pain and Teresa did not know what to do, still holding the reins in her hands and watching him. The wind began to howl; clouds of dust swept down upon them.

"Sonny! Oh, Sonny, goddamnit!"

"Tell me what it said! Every word."

Teresa jumped out of the buckboard, and ran to him.

"Sonny, what do you mean? I don't . . ."

"I can't read!"

"What?"

She tried to put her arms around him but he shook her off.

"Never mind. Tell me!"

It started to rain. Teresa gestured toward the empty building but Sonny stopped her.

"Now!" he shouted.

"It—it said the doctor who was at your father's bedside when he died cut off his head and kept it for a souvenir. He would hang it on the bedpost of his son's bed when he wanted to punish him."

Teresa imagined the scene. A six-year old boy, speechless

42

with fright, screamed soundlessly in the night when he saw the impaled head of Osceola. Tears streamed down Teresa's face as she looked at Sonny.

"Later this doctor gave it to a friend of his who lived in New York. His house burned down a few days ago, and they found . . . the head . . . in the remains of the fire."

"I was at his bedside when he died, at Ft. Moultrie, in South Carolina. I was three years old. All these years, Teresa, I thought he had an honorable burial."

The storm now began to rage, bringing torrents of rain. Sonny continued, shouting above the storm.

"What kind of man would do that? Ain't they done enough to us? They even want to keep parts of our bodies as keepsakes to scare their own children!"

He threw his head back and let out a terrible cry.

"Who are you people!!??"

☆

CASS DUPUY and Royce Box were playing gin rummy in the study. A bottle of whisky and two shot glasses sat on the table. The men studied their cards in silence.

"Gin," Dupuy said, as he laid out his cards.

"Damn. I didn't see that comin'."

"You never do."

Dupuy took a sip of whiskey, gathered up the cards, and shuffled them as he studied Royce.

"Ran into a cotton rep yesterday over to Eagle Pass."

"A what?"

"Fella who handles cotton sales, what they call a middle man. Said over in East Texas they're payin' up to twelve-hundred for a good field hand, if he's healthy."

Royce studied his cards.

"I can think of better ways to spend my money than chasin' pickaninnies across a river."

"I got some men lined up for a border run tomorrow night. You in?" Dupuy said.

Box said nothing, just studied his cards. Dupuy poured another shot, and filled Royce's glass.

"Teresa know about this? She might not take kindly to her daddy chasin' slaves."

"Teresa's got nothin' to say about it."

Royce gave him a sharp look. Dupuy was starting to get a little drunk.

"How many men you got?"

"Ten. Twelve countin' us."

Box looked uneasy.

"Hell, it's a business, Royce. Those nigras are the property of the United States government. Besides, what else can a couple of old shot-up Rangers do for a little excitement? We're just goin' to tippy-toe over, grab us a few."

"Gin," Royce said.

Down went the cards.

"You sumbitch. You get me talkin' and I get bushwhacked."

Royce started shuffling the cards and Dupuy studied him.

"Whyn't you sleep over? In the mornin' we'll see if we can't kill us a jack-rabbit or two."

"Want to take Teresa along? She can out-shoot both of us."

"Leave her out of the conversation," Dupuy said, scowling.

Royce was about to say something, but thought better of it and dealt the cards.

☆

ALL WAS quiet at the house. There was a waning moon, a lot of stars. A dog howled in the distance, a horse whinnied somewhere near the barn. The ranch was asleep. Sonny lay on his back, wide-awake, staring up through an open window at the moon. Then he heard a scream. He sat up and strained to hear whatever came next.

In a darkened hallway, the bulky figure of Cass Dupuy swayed drunkenly back and forth in front of his daughter's bed-room door. He could barely stand up. He grabbed the handle and tried, once again, to open the door.

A terrified Teresa, in a nightgown, hung on to the doorknob as her father tried to break in. She panted and grunted in des-peration and fear, then managed to jam a chair under the knob.

"Keep away from me!" Teresa yelled.

Royce Box, in his longjohns, crept up on Dupuy from behind and threw a blanket over his head, then bulldogged him to the floor. Dupuy resisted, and Royce banged him hard across the head a couple of times.

"Cass, for God's sake, man, get a hold of yourself!"

Box lifted Dupuy to his feet. Dupuy groaned in agony. Royce pushed him along the hallway, threw open the door to his bedroom and shoved him inside. Dupuy cried out, then crashed to the floor.

Still in her nightgown and crazed with fear, Teresa knocked the chair away from her bedroom door, opened it and ran out of the house. She burst into the tackroom and threw herself into Sonny's arms, shaking violently.

"Don't ask, please don't ask. Just hold me. Please, please, please."

Sonny held her, stroking her hair gently, his mind on fire.

☆

CASS DUPUY was sitting at his desk taking care of ranch business. Sonny, waiting, moved slowly around the room, peering at the dozens of family pictures on the wall and various plaques and awards, mementoes of the life of Captain Dupuy, Texas Ranger. He peered closely at one photograph in particular.

"Would this be Mrs. Dupuy?" Sonny asked.

"It would."

"She was a handsome lady."

Dupuy looked up from his work. "That she was. Here's your pay."

Sonny crossed the room and took the money.

"You were a good hand," said Dupuy. "Where you movin' on to?"

"Oh, west, I reckon. California. Get me some of that gold, maybe."

"You ought'a light in one place and stick it out. Time's coming when being a half-breed won't count against you."

This remark caught Sonny off guard. Sonny did not offer his hand for Dupuy to shake.

"So long, Captain Dupuy," he said.

☆

IT WAS a pitch-dark night on the ranch. There were roughly a dozen men on horseback, horses jittery, the men keyed-up with a barely suppressed energy and excitement. Lightning flashed in the distance, followed soon by the roll of thunder. Cass Dupuy and Royce Box joined them now and there were some muffled exchanges. They rode at a hard gallop out of the ranch.

In the tack room, Sonny packed his gear by the light from a kerosene lantern. He blew out the lamp, and left the room to go into the barn as Teresa entered quietly from the far end, appearing out of the darkness. She was dressed for flight—a rifle in one hand, a worn, leather rucksack in the other, a wide, brightly-colored sash around her waist. Her eyes glittered with excitement and determination. She and Sonny looked at each other for a moment, reading each other's thoughts as they listened to the fading sounds of Dupuy's posse.

Teresa and Sonny, their horses saddled and ready, lashed down their gear. She finished ahead of him, then moved to his horse and helped him. There was no talk between them, no sound other than the jostle and creak of leather and the rumble of thunder in the distance. They worked together smoothly, like old hands, then mounted up and rode off.

☆

A TORRENTIAL downpour roiled the already swollen Rio Grande. A Seminole scout sat on his horse beneath a cottonwood tree, as still as a statue. Suddenly, he whipped the horse into action and started riding hard toward the south.

☆

THE RAIN stopped at dawn. There was furious activity now at the Seminole encampment. The scouts had discovered Dupuy and his party. Horses were being saddled, ammunition was being handed out, and the women gathered up all the children. John July and Captain Coyote rode their horses back and forth among the warriors.

"We will not shoot until they are on this side of the border!" John commanded.

"Keep them up against the river!" shouted Coyote.

☆

AT DAYBREAK, with Dupuy leading the way and Royce Box close behind, the posse plunged their horses into a fast and rising Rio Grande.

After they'd crossed, sounds of gunfire, the ping and thud of bullets, shouts in Indian dialects from a grove of cottonwoods could be heard along the Mexican side of the border. Dupuy's men hunkered down behind their fallen horses firing on the Seminoles. They appeared to be vastly outnumbered. At their backs was the river. Royce and Dupuy crouched side by side.

"Well, how do we get outta this?" said Box.

"They ain't but about twenty. Let's try flankin' 'em. We ain't got much to lose."

"Easy for you to say. I'm the one with a future."

"Hell, Royce, if your future's anything like your past there ain't nothin' worth worryin' over. Let's go!"

☆

LATER, DUPUY and his outfit waded and swam back across the river, carrying their dead and wounded. Box fired a couple of meaningless shots as they retreated. Dupuy did not look back.

☆

SONNY AND Teresa bedded down for the night, close beside each other, on the outskirts of Del Rio, Texas. A small campfire flickered nearby, illuminating their faces. They lay on their backs, staring up at the stars.

"When do we cross the border?" said Teresa.

"Another day or two. I don't trust that old man. He thinks I'm headin' west and that's what I want him to think."

"It won't matter. Sooner or later he'll round up every damn Ranger in the state of Texas and come lookin' for me."

"You sorry?"

"Uh-uh. I'm right where I want to be."

"I like bein' on the loose with you like this. I figure after we cross the border, we'll double-back and start looking for the Tribes. I know I can pick up a track sooner or later."

"That's a whole lotta country."

"We'll find 'em."

"When we do, I mean, they might not accept me. If you want me to act different around you, then you need to tell me."

"Different how?"

"You know, keep my distance."

She inched closer to him.

"No. It's you and me. That's just how it is. They'll know it."

"I was hoping you'd say that."

Teresa kissed him as hard as she could.

☆

MARCELLUS DUVALL, an Indian agent, alighted from a horse and buggy in front of the Texas Capitol building in Austin. He was an officious, self-important man. An assistant handed him a briefcase, then stood aside as Duvall mounted the steps to the building. An elderly black man sat on a chair, dozing in the sun. Duvall paused and looked disdainfully down at the man before moving deliberately to one side and continuing up the steps.

Inside Governor Peter Bell's office, the governor and his aide, Rufus Mayberry, received Duvall. He removed his hat, revealing oily, slicked back hair parted precisely down the middle. The governor looked uncomfortable.

"I trust you had a safe trip, Mr. Doo-vawl. Florida's a long way to come from, even for an Indian agent," the governor said.

"Oklahoma, sir."

"Oklahoma. I beg your pardon. Still on the trail of the Florida Seminoles, is what I was referring to. And what is it the State of Texas can do for you, Mr. Doo-vawl?"

"Governor, I am most concerned about the runaway slaves living among my Creek tribesmen along the Mexican border."

Mayberry shot his boss a skeptical look.

"Well, from what I hear, those nigras, some of them at least, have intermarried with the Indians. They consider 'em family."

"That has no bearing on the matter, sir. The point is they're tempting slave-hunters from your state," Duvall said.

Governor Bell bristled a little.

"I assume you're referrin' to that recent raid near Eagle Pass," he said.

Duvall nodded.

"What would you have me do? Texas is still a slave state, like it or not."

"The slaves living among the Indians are government property. It's my job to bring them back into the market, and I've been authorized to accomplish that. With your official backing, of course."

"I believe the Seminoles have been invited to live freely in Mexico, and so have the nigras."

"The negroes have no rights, Governor. They are fugitives from justice."

"Let me remind you, sir, that the state of Texas just got through fighting a war with the Mexicans. I'm not looking for trouble with their government."

The governor looked for help from Mayberry.

"Mr. Duvall, we will inform the legislature of your concerns and issue a statement accordingly. Now then," said Mayberry.

"Who is this man who led the raid on Piedras Negras, this Captain Dupuy? Under whose auspices is he operating?"

Governor Bell reddened and got to his feet, ending the interview. He offered his hand.

"Captain Dupuy is my business, Mr. Doo-vawl, and will be dealt with accordingly. Meanwhile, enjoy your stay in our city."

Mayberry saw Duvall to the door, then returned to the desk with a rueful smile.

"I'd say he's looking to get a better price for the slaves through his own connections."

"Just what the hell is going on across the border?"

"My sources tell me it's a very unusual situation. The runaways are not subservient to the Seminoles. Apparently they live separately but equal, in adjoining camps. Both elements

are skilled fighters. Don't forget, these are the same people that fought the longest war in the history of this country. They hunkered down in those Florida swamps and made Old Hickory look foolish. They never have been broken. The Mexican government is using them, for the time being, to fight off marauding Comanches and Apaches in exchange for a little scrub land. When they have no further need for them they'll no doubt try to pack 'em back our way."

"Well, we've got more pressing problems to deal with," the Governor said.

"But Duvall has a point: What do we do about Captain Dupuy? We can't have him acting like some vigilante down there."

"I've known Cass Dupuy for thirty years. He was one of the best Rangers the state of Texas ever had. I fought at San Jacinto with him."

"Is he really a filibuster—a slaver?"

"I don't think so. I think he's just restless. You have to remember, men like him were part of the Republic of Texas. They hated being annexed by the United States damn near as much as they hated Mexico staking a claim. There's no form of government he's comfortable with. I hear since his wife died Dupuy's behavior has been unpredictable. I'll see what I can do about keepin' him closer to home."

☆

THE MEXICAN section of San Antonio: mangy dogs and kids played on the dusty streets in front of adobe houses. Royce Box rode past them, duded out in his Sunday best. He scanned the houses for the one he was looking for. When he found it he stopped, dismounted and tied his horse to a post. Inside the house, Lupe Velasquez, Royce's stepmother, opened the door to admit him. Lupe was in her late 60's, a weary-looking Mexican woman. Royce embraced her stiffly. She patted him gently, holding him for a few seconds.

"¿Como *está,* Mamacita?"

"Muy bien, hijo. ¿Y tu?"

"Oh, I'm sneakin' by, about like usual," Royce said.

"You're looking handsome. Same as your papa."

She led him into the drab but neat, sparsely furnished living room and they sat down. A ray of sunshine lingered on the yellow wall behind them. There was a long silence before Lupe continued.

"You would like something? Una cerveza? *Café?*"

"No, gracias. I got to be gettin' along pretty quick. Just wanted to see how you're doin'."

He studied her for a moment, an expression of genuine tenderness on his face. He reached inside his shirt pocket and removed an envelope.

"Here's a little somethin'."

She looked at the envelope but did not reach for it.

"It is not necessary. Why do you do this thing when you come every time to see me?"

"It's the least I can do."

He placed the envelope on a nearby table. Lupe studied his face closely.

"Are you married yet?"

"There you go, same old question. You ought to know me by now, Mamacita. I ain't the marryin' kind."

"Neither was your father, but he did it—twice."

Royce nodded and gave a little smile.

"How is *Señor* Dupuy? Do you still see him?"

"More ornery than ever."

"I was sorry to hear about his wife."

"Yeah. She was a fine woman."

"How did she die?"

"Oh, her works give out, you might say. Mamacita, is there anything you need of a particular nature? Anything I could—"

"No, son. I don't need anything."

"Well, then, I'd best be goin'."

He stood up, hat in hand. Lupe rose slowly to her feet and looked up at him.

"There is only one thing I would like, and that is for you to find happiness."

Royce stared at her for a moment, then smiled again.

"I appreciate the thought, Mamacita. You take care now."

He put on his hat and walked out.

☆

ROYCE BOX rode slowly along the lane leading to the main house on the Dupuy ranch. An unshaven and slovenly Cass Dupuy sat slumped at the kitchen table, a bottle of whisky in front of him. He heard a knock at the back door but didn't get up. There was another knock, louder this time.

"Cass, you in there?"

There was no response, so Royce entered the kitchen, and sized up the situation. The place was a mess: dirty dishes piled everywhere, scraps of food on the floor. He went to the stove to fill the coffee pot with water.

"Where the hell you been?" Dupuy said.

"I had some business in San Antone. You shoulda come along. Found a doozy of a cathouse, too. Ever have a one-legged Chinese whore? Her name was Hop To It."

Dupuy did not crack a smile. He took a sip of whisky and the two men studied each other.

"But I kin see you've been livin' a right productive life here," said Box.

He walked over and placed a hand on Dupuy's shoulder. "I'd say it's about time you come out of it, Cass. She's gone. That's it. She had to leave home some day."

"Didn't even say a proper good-bye. Anyway, what makes you think she left home? What if that half-breed kidnapped her?"

"Hell, what's it matter? He's probably half way to California by now."

"That ain't likely. I feel sorry for the man who tries to steal that woman. She's got too much sand in her."

A peculiar expression came over Royce's face.

"What makes you think he's headed for California?"

"You know somethin' I don't?"

"I'm thinkin' Osceola had this all planned out."

When Royce said this, he pronounced *Osceola* properly.

"Keep talkin'."

"A couple of weeks ago I went into the tack room to borrow a bridle. There was this Indian stuff—mementoes or souvenirs, I guess you'd call 'em—spread out on his bunk, arranged real nice, like he was showing them to somebody special."

"He knew about the Seminoles bein' in Mexico?"

"And bein' half-Seminole hisself he decided to take Teresa to see his people. Whether it's for keeps or not, who knows?"

He paused.

"It's just a hunch, Cass."

"So he tried to throw me off, sayin' he was going to California. If it's true, then he's a dead man. I'll track the son-of-a-bitch clear to Hades."

"I'll keep my ear to the ground. But we can't just go bustin' off to Mexico like we owned the place. Look what happened last time."

"I won't tolerate Teresa livin' with them diggers."

"What we'll need is cover. We need to be legal, and that takes timing. You know that as well as I do," said Royce.

"One way or another, I'm goin' after her. You think I'll let some belly crawler steal my daughter?"

"Who says he stole her?"

Dupuy studied Royce Box's face for a moment, then said, "Nobody takes what belongs to me without a fight. And like that Limey sailor said, I ain't near begun yet."

☆

61

LATER THAT day Royce Box walked slowly down the hallway of the ranch house. He stopped and looked into what had been Teresa's bedroom. He stepped inside tentatively. The bedroom was strikingly neat and orderly, and very feminine, considering Teresa's mannish ways. Royce sensed this, too, as his eyes took in the various details. The fact of her having run off with Sonny Osceola hit him hard, and he fought to suppress the realization that his feelings of anger and devastation were the result of his being in love.

☆

SONNY AND Teresa rode slowly into a Mexican village. Sonny had shed his Stetson and now wore a Seminole headscarf. Teresa's long hair was tied back with a strand of beads beneath a black, flat-brimmed hat. They both felt happy, though they were hot, tired and thirsty after their long ride. The few people who were out during the mid-day heat stopped what they were doing to stare at the strangers riding into their midst, especially at the gringa with the bright red sash.

A few citizens ate and drank in a cool, dark cantina. A guitar player strummed his instrument softly. Sonny moved warily toward the bar and nodded to the other patrons. Three men stood to their drinks at the bar. They stared at Sonny, and he met their gaze.

"Buenos dias, *señor*," Sonny said to the bartender.

"Buenos dias, amigo."

"Dos cervezas, por favor."

"Y dos tequilas."

Teresa slipped in quickly. This order rose well above the guitar music and brought smiles to the faces of the other patrons. Grinning, Teresa joined Sonny at the bar. She swayed to the music. When the tequila came, she salted the back of her hand, sipped her drink neatly, then sucked on a squeeze of lime.

"I am looking for my brothers," said Sonny. "Los indios americanos—Los Seminoles."

"Only Mescaleros around here," the bartender replied. " Los indios barbaros. Hombres muy malo."

"To the east, *señor*, near the Sierra Madre, we hear of Indians and negroes living together," said a patron.

"How many days ride?" Teresa asked.

"Four at least, maybe more. It is a long hard ride through Apache country, *señorita*."

"Why do you not address me as *señora*?"

The stranger smiled at her and bowed slightly.

"If I was wrong, please forgive me—*señora*."

She laughed.

"Put some more tequila on the bar for these fellas," Teresa told the bartender.

The patrons responded to this act of generosity with sounds of approval.

"What kind of rifle do you have?" a man asked Sonny.

"We both carry the new Winchester. But we're running low on ammunition. Do you know where we can find some?"

"We can help you, if you have money. Can your lady shoot straight?" the man said.

"Put that shotglass on your head and you'll find out," said Teresa.

"I would be afraid it is the tequila doing the shooting," he said.

Everyone laughed. The first man saluted them both, then got up and clapped Sonny on the back.

"Vamonos. I'll show you where you can get what you need," he said.

★

AT THE Seminole encampment, the sun broke over the eastern rim of the canyon and spilled down on the heads of the Tribes who had gathered in a natural amphitheater. They had all their belongings with them. The air was charged with a sense of crisis. Nearby, in ranks, a cadre of fifty warriors stood by in fighting regalia. John and Coyote stood face to face.

"This is not the time to leave," said John.

"Last night in a dream I saw myself in Mexico City," said Coyote, "speaking to the President. I will get the deed to the land at Nacimiento. Without it they will keep moving us from one place to another until they have no use for us."

"But I need you for the fight with the Apaches."

"You kill Apaches, I will see the President. But don't kill them all. We need them."

John looked nervously toward the ridge-line above.

"All right. Take three men with you. Hurry before the Federales arrive. I don't want them to see you."

Coyote embraced him and hurried off.

John walked among the Tribes. The expressions on the faces of the women and children were those of sadness and disillusionment. The slanting light from the sunrise was suddenly darkened by a long shadow. All heads looked up on the ridge line where a body of federal troops on horseback partially blocked out the sun.

Colonel Emilio Langberg rode slowly down the hill toward the Indians. He was half-Austrian, the commander of the state

of Coahuila. Adorned in full military dress, he walked his horse formally into the encampment while his troops halted a discreet distance away. There was absolute silence as he approached John.

"I am Colonel Emilio Langberg, here to escort you to your re-location."

"I don't like that word, Colonel," John said.

"My orders, Señor July. It is for the safety of your people."

"I do not like the sound of that word, either."

"You have heard of a man named Marcellus Duval?"

John turned to his people.

"He asks if we have heard of a man named Marcellus Duval!"

There was a chorus of derisive laughter. Colonel Langberg looked uneasy.

"We have lived with Marcellus Duvall since Florida," said John July. "He's one of our enemies."

"He has issued a reward in the newspapers in Texas for the capture of any black Seminole fugitives."

"And what is the going price?"

"Fifty dollars a head."

John once again turned to his people.

"Do you hear? Duvall is offering a mere fifty dollars a head for our return!"

This brought another burst of laughter from the Tribes. Now Langberg shifted his strategy.

"But of course I might be able to influence the situation, *señor*."

"In what way, Colonel?"

"The country where I am taking you is in the Santa Rosa mountains. We know there is a small band of Apaches operating near there, raiding the village of Chihuahua."

"And you are so concerned for our safety that you would like us to ride against los indios barbaros, right?"

"Which is worse, *señor*, the malignant purpose of the slave hunters or the fury of the Apaches?"

"We will take care of the Apaches for you, Colonel, but it will be your part of the bargain to keep the slave hunters on the other side of the river."

"You have my word," said Langberg.

"I hope this is a better one than the other two," said John July.

Langberg saluted and turned his horse around.

As the Colonel departed, John considered the importance of words to a white man such as Langberg. He very quickly decided there was none.

☆

SONNY AND Teresa watered their horses beside a small stream on the outskirts of the town of Chihuahua. They were dehydrated, exhausted. Sonny soaked his headscarf in the stream, then took off Teresa's hat and dampened her face and neck.

"We have to make it to the mountains," he said. "It will be cooler there. We can bed down for the night."

She nodded and Sonny pressed his cheek against hers.

☆

EARLY THE next morning, Sonny and Teresa rode through a stand of pinion trees in the Sierra Madre Occidental. They heard a rifle shot, followed by the faint wail of a war cry in the distance.

"Are you afraid?" asked Sonny.

"Only of goin' back," said Teresa.

☆

JOHN JULY numbered his forces at forty-two, the Mescaleros about sixty. Apaches with rifles were invisible in the trees and behind boulders. Bullets whizzed every which way, glancing off rocks, sending up puffs of desert debris. Mescaleros had set a trap for the Seminoles and had them boxed in. Two of John's men lay dead. On a plateau above, Sonny and Teresa lay low to the ground, observing the fight. Sonny was wild-eyed, a warrior come to life. He gestured to Teresa to stay put. He got to his feet and moved stealthily through the trees until he found a concealed position within sight of Teresa, to try to make sense of the battle taking place. Sonny recognized that he was caught in the middle, and that he had a clear shot at several of the Apaches. He signaled to Teresa with his rifle, and they began firing their Winchesters at the Mescaleros.

As the Seminoles watched three Apaches fall, John looked around, confused by this sudden attack from an unexpected angle. Another Apache was hit, falling from a cliff above. John pointed this out to his warriors and they unleashed a volley of fire on the Apache positions. Soon the Seminoles gained the advantage. A high-pitched hawk's cry pierced the air and John sprang to his feet, his mouth open in astonishment. He knew this particular signal.

Sonny and Teresa plunged their horses down from the hilltop, riding recklessly, Sonny again uttering the Seminole battle cry. When they reached the valley floor, the remaining Apaches could see them coming and began to scatter. Sonny stuck the reins to his horse in his mouth and fired away with

his rifle, killing two more of the fleeing Apaches. The Seminole warriors surged forward, with John leading the way.

Later, after the battle was over, John and his warriors surrounded Sonny and Teresa.

"Who are you? Where did you come from?" John asked.

"I am Sonny Osceola, son of Asi Yahola, the chieftain."

"Could it be?"

He circled Sonny, studying him closely head to foot. The other warriors pressed in closer, while Teresa moved shyly out of the circle.

"You are about his size, true, and there is a resemblance in the face. Your grandfather, your father's father, who was he?" asked John.

"William Powell, from Scotland. And I have black blood in me, as well. I am a true Seminole."

"We'll see about that, won't we? And your mother? What became of her?"

"She was called Angel Fire."

"Yes, Osceola sent her away, to the Carolinas."

Sonny looked anxiously around for Teresa. He took her hand and drew her back into the circle.

"This is Teresa. She goes where I go."

John looked her over.

"I am honored to meet you, John July," she said.

"Esperanza!" he shouted.

A fierce-looking Indian woman emerged from the circle. She was well into her fifties, with very long, tangled hair and bright black eyes. She carried a rifle slung over one shoulder and a knife in her sash. Esperanza had the swagger of a veteran guerrilla fighter. She sidled up to Teresa and looked her over, a playful expression now in her eyes.

"Es una muchacha brava," Esperanza said.

"On your horses!" John shouted. "Gather up the enemy ponies and the weapons! You, son of Osceola, if that is who you really are, help them."

Esperanza continued shrewdly sizing up Teresa. Other women came forward and tightened the circle around her.

"What are you made of, child? Do you realize where you are, who you are among?"

"I trust my man," Teresa said.

Esperanza nodded approvingly.

"You know him well, this half-breed?"

"I know his blood."

Esperanza suddenly whirled on the other women.

"Well? Stop staring! She is not a horse!"

Esperanza turned back to Teresa.

"Ven conmigo," she said.

As the women of the Seminole encampment prepared food over fires, Teresa moved among them, performing the duties assigned to her by Esperanza. The other Indian and Mascogo women were deferential to her but did not speak. John and the tribal council members, among whom were the two Indians who had observed Sonny's encounter with Royce Box at the horse auction, sat in a tight circle, deliberating the fate of the one who called himself a son of Osceola. One of the council members looked up from his deliberations.

"We wait for Captain Coyote," he said. "We cannot decide without him."

"John July, do you believe he is truly the son of Osceola?" asked another council member.

"There is a resemblance. Osceola had at least two sons, maybe more."

"This one could pass for white."

"I say we send them back across the border," offered a third council member.

"Not yet. I want to observe him. I need to know what kind of man he is."

"And the girl?"

John looked at Sonny, who was pacing back and forth, well away from the circle. Sonny was nervous, impatient, and continually searching out Teresa, who would not look in his direction.

"Let the women find out about her," said John. "I will see to him."

"And what if her own people come after her? She could bring an army down upon us."

"If he remains with us and she is his woman," John said, "we will have no choice but to defend them."

☆

COYOTE AND his entourage—two Indians and two blacks—walked through a crowded plaza in Mexico City, which teemed with life—vendors, street singers, shoppers, mariachi bands—along with beggars and assorted riff-raff. The Chapultepec Palace, home to the President of Mexico and the apparatus of government, loomed just ahead of them. As Coyote and his company approached the stone steps of the palace, they were distracted by a small group of demonstrators who were protesting in front of it. Several were carrying signs proclaiming, "FREE THE STATE OF COAHUILA!" "VIVA LA INSURRECCIÓN!" Coyote paused for a moment to observe the protest, an ironic smile on his face.

In the visitors' waiting room Coyote and his group were searched by three armed guards who frisked them efficiently head to foot, removing knives from all four men, along with Coyote's antique sword, but not before Coyote playfully resisted giving it up.

The Seminoles were escorted into the magnificent, sumptuous Presidential office. They were a wild sight in their colorful garb. Three of the men moved discreetly into the background. Coyote strolled around the room, seeming totally at ease.

Coyote took it all in—the great crystal chandeliers, the huge oil paintings of heroes of Mexican history; he was especially fascinated by the presidential throne with its canopy of velvet. He moved close to it and stroked the arms of the chair, his eyes gleaming with curiosity and wonder.

"Good morning, my children!" President Diaz exclaimed.

He shook hands vigorously with Coyote, who looked him up and down, taking note of his splendid wardrobe. The President beckoned the others to come forward out of the shadows.

"Come, come, please sit down."

Coyote's men took seats but Coyote seemed fascinated by an ornate armless couch close by the presidential desk. Sensing his fascination, the President smiled indulgently.

"Would you like to sit there, my friend?"

Coyote sat down on the couch and put his feet up over one end. President Diaz was taken aback at this lack of formality but seemed to enjoy it at the same time. He sat down on the couch next to Coyote.

"Now then, before you tell me the nature of your long journey—"

Coyote shifted his position and inched closer to the President, who shifted slightly away from him, toward the other end of the couch.

"I want to tell you how much we welcome the Seminole presence in Mexico. We are very grateful, too, for your help in—"

Again Coyote nudged the President farther toward the end of the couch. The president moved politely sideways but was beginning to look very puzzled by the Indian's strange behavior.

"—for your help in fighting the hostile warring parties along the border. It is difficult for us to govern the northern frontier. We are also grateful—"

Coyote now simply bumped the President off the couch onto the floor. The President struggled to regain his composure.

"Now do you see, mi presidente?" said Coyote. "We Seminoles have been pushed from our land by the Americans and

now by the Mexican government. Always they find ways to cheat us with maps and surveys or false treaties. We want a homeland. We want Nacimiento. Our blood is now part of your country! This is a fact and you must remember it always."

Coyote stood up, whirled around, gestured toward his men to follow him, and started out of the room.

"But I am one of you!" the president yelled.

Coyote looked back at him. "If you are, then deed us the land at Nacimiento!"

☆

SONNY FOUGHT alongside the others in the battles with the Comanches and Apaches, distinguishing himself as a fierce and intelligent warrior. John observed him with silent approval.

Teresa also made her presence felt, taking charge of the dead and wounded. She soon bore little resemblance to the young woman from the Dupuy ranch.

☆

A COVERED wagon carrying a troupe of traveling actors, pulled by two broken down old nags, rumbled slowly across open country. Some of the actors were singing above the clanging of pots and pans rattling as the wagon proceeded over the bumpy trail. On a rise above, Coyote and his party, returning from the Mexico City trip, sat their horses, gazing down at the passing caravan. Coyote was especially fascinated by what he saw and was trying to figure out what it meant. Suddenly, he spurred his horse downward, uttering piercing, exaggerated war cries. His men followed, mimicking him.

The Seminoles swooped down on the caravan, halting its terrified drivers. The actors piled out, speechless with terror. They all put up their hands, begging for their lives, their thespian skills at portraying fear matching Coyote's mock ferocity. Coyote got off his horse and, grunting and screeching, disappeared into the caravan.

His men stared as various items of clothing came flying out of the wagon—plumed hats, tights, slippers and all manner of Elizabethan costumes. One actor flew into a rage, climbing into the caravan to take matters into his own hands. In a moment he, too, was thrown bodily out of the wagon. He leaped to his feet and shook his fists while more costumes came flying out.

"I beg you, desist with this ignorant brutality! Leave us parley. I am Don Alfredo, the greatest Hamlet in all of Mexico! Mine ear is open and my heart prepared!"

☆

THREE RUNAWAY slaves were attempting to swim the Rio Grande at dawn. They were exhausted, panic-stricken, desperate men. Only one seemed to have the strength for the task, and he made sure the weaker men stayed afloat.

The three black men staggered into the remains of a crude mud hut village, crazed and wild-eyed with fear and exhaustion. There were several dead horses and the rotting corpses of three Mexican farmers. This grim sight unnerved two of the escaped slaves even further, especially when they noticed that the men had been scalped. But the strongest of the bunch, Ezra, who was dressed in prison garb, surveyed the scene coolly.

"Apaches," he said.

"Yeah. Let's get out of here 'fore they come back," said one of his companions.

Ezra discovered some tracks.

"No. We'll follow them for a while. Maybe they'll lead us to the Seminoles."

☆

SUB-INSPECTOR Juan Maldonaldo stood in front of a large map of the State of Coahuila in his office. Colonel Langberg stood next to him.

"Nacimiento is out of the question. The land is too valuable," Langberg said.

"But the Presidente has promised the Seminoles it will be theirs."

"Mexico City is a long way off. The Presidente has more important matters to deal with. And now we have may have an insurrection on our hands."

Maldonaldo was having some difficulty getting a handle on the Colonel's chicanery.

"Meaning?"

"I mean, my friend, that we must be careful with whom we side. There is much change going on in the country. The Church is losing its power. And that means opportunity."

"But you are a military man. What does land matter to you?"

"Hah! I have given my whole life to the army and what do I get? They sent me to this forsaken country to rot. Listen to me, Juan: Now is the time to take advantage of any opportunity that comes our way. There will be a true revolution in this country one day and when that time comes I will be on the conquering side."

"And what side is that?"

"That of the landowners. And I intend to be one, even if it means resigning my commission."

"Why are we talking on this subject? I called this meeting to discuss the Indians and you are talking about revolution!"

"No, I'm talking about land. And Indians have no business owning land in Mexico. They will only make trouble."

"But these Seminoles have fought well. They have kept their part of the bargain. The Apaches and the Comanches have been quiet for many weeks now."

"All the more reason to split them up. The Indians in the Tribes must be separated from the negroes and forced back across the border. They have served their purpose. The negroes we will provide for because they might be useful in our dealings with the slave states."

Maldonaldo sat down at his desk and studied the Colonel.

"It's useless to attempt to change the direction of the wind once it has begun to blow," said Langberg. "And a wise man knows to let a storm pass before he begins to build his house."

☆

THE COVERED wagon used by the troupe of actors was drawn up in the middle of the Seminole encampment. The Tribes were lined up to welcome Coyote and his party home. Coyote exploded from the back of the curtained wagon, landed on his feet and extended one arm dramatically. He was dressed as Hamlet, in full Elizabethan garb. Everyone applauded.

"To be or be not. What is the answer?" Coyote said.

"No, no! That is the question!" Alfredo exclaimed.

"Why tell me what I already know?" said Coyote.

The Tribes burst into laughter. John July stood to one side, holding his own emotions in check. Finally, he walked into the crowd, approached Coyote, and embraced him. The Indians roared with approval.

"You left here as a diplomat and you return as—", indicating Coyote's costume, "as what?"

"The Chief of Denmark!" Coyote held out an arm in a sweeping theatrical fashion, as if about to begin a soliloquy, when suddenly his face grew dark as he spotted Sonny. He scowled at the sight of him.

"He is Osceola's son," John said.

"How can you know that?"

"He knows his grandfather's name and origin. His mother was called Angel Fire, Osceola's other wife. She ran away with this boy to the Carolinas."

"And the girl?"

"She is from across the border. Esperanza says the girl has a good heart."

Coyote was still staring fiercely up at the ridge.

"I have to smell him."

Coyote made a vigorous gesture with his arm, motioning for Sonny to come closer.

"What are you doing?" said John.

"On the way in I saw pony tracks, Comanche."

"How far?"

"Six, maybe eight miles."

"We don't need a fight now."

With his eyes on Sonny, Coyote said, "We will send this white son of Osceola to scout."

Teresa and Esperanza, both on horseback, watched the confrontation between Sonny and Coyote. Teresa had a worried look on her face.

"Why is Coyote looking at Sonny that way? What will they do with him?" she asked.

"You ask too many questions," said Esperanza. "Coyote is surely thinking of ways to test him."

"You know he is Osceola's son! Why don't they trust him?"

There was a sudden commotion below as the three runaway slaves staggered into the compound. The Seminoles gathered around them. Coyote gestured to his lieutenants to take lookout positions. Meanwhile, John advanced upon the runaway slaves. Jugs of water were brought up. John studied them closely, then indicated to the women to take charge and administer to the exhausted men. As they were led away, John called out to Ezra.

"You!"

Ezra walked up to him. John looked him over head to foot.

"Are you property?"

"Was."

"Where?"

"Louisiana. I killed my master."

John reached slowly across and opened the man's coat and saw Ezra's empty cross-ways holster worn on the left side, a sure sign of a gunfighter.

"So now you're running with these Texas cotton-pickers."

"They're the same as me."

"What else are you wanted for?"

"I robbed a bank in San Antonio."

"How'd you lose that sidearm?"

"I sold it in order to bribe our way to the border."

"Do you have any idea where you are now?"

Ezra looked around, but said nothing.

"You are in the company of the Seminoles."

Ezra shrunk a little under John's steady gaze.

"Now, take your leave while I decide what to do with you. And in the meantime that holster will remain empty until I decide it shall be filled."

Ezra turned to go.

"What name do you go by?" John asked.

"Ezra."

John's eyes narrowed for a moment as Ezra walked away, then a small gleam of pleasure flickered across his face.

Early the next morning, Sonny prepared for his mission. Teresa helped him make up a pack. She was still smoldering with anger.

"Don't see why I can't go. I can out-shoot most of them."

"This ain't about shootin'. Not to mention how the other women might feel if they saw you ridin' out with me."

"Oh, so it's about bein' a woman, is that it? I'm supposed to just grind corn and wash your clothes."

Sonny stopped what he was doing and stared at her for a moment; then he grinned and walked away.

Across the camp, John and Coyote argued, as usual, in private. Coyote waved his arms about angrily, and paced back and forth.

Sonny sat motionless on his horse. All the Tribespeople watched expectantly.

Finally, John strode out carrying a rifle and motioned with his hand. Ezra rode slowly forward and stopped near Sonny. He had removed his coat jacket, revealing the still-empty holster. He looked very nervous. John glared up at him, then shoved the rifle into the scabbard on his saddle.

"What are you sendin' me into, mister?" Ezra said.

"Would you rather face the hangman's noose on the other side of that river? Take care of this man. He is a chief's son."

☆

IN THE desert Sonny followed some tracks through a stand of mesquite. Ezra followed behind, closely observing Sonny's every move. They saw a lone Indian on horseback, looking worn out, his horse limping. Sonny signed to Ezra: right hand extended with thumb up, signifying a horse and rider; then Sonny moved his hand in a wavy motion, as a snake crawling, signifying Comanche. The lone rider disappeared over a hill. Sonny now began to work—on foot, and horseback, under a blazing sun, camping at night, awakening at dawn to resume the track. He worked almost as if he were in a trance.

☆

THE FOLLOWING dawn Sonny and Ezra rode slowly into camp. Their horses were soaked in lather and both men looked exhausted. They halted and waited. As the camp came to life, Coyote emerged from his wikki-up scratching and yawning. Soon John appeared. Both men came forward into the center of the campground and looked at Sonny and Ezra. A crowd gathered silently.

"Well? What did you find?" John asked.

"Four Comanche lodges, six horses, one goat, one sick old man, five women and several children. A single brave rode away on a lame horse," Sonny answered.

"So that's what those signs meant," Ezra said to Sonny. He repeated the signals Sonny made, studying his own hand as he did so.

"What provisions do they have?"

"Corn. And some buffalo meat."

"Buffalo? How do you know?" Coyote said, sharply.

"I saw corn scattered on one side of the trail. Flies had gathered on a piece of buffalo meat across from there."

"And how do you know one of them is sick?" asked John.

"Because there were poles cut for a travois. And it was to be drawn by a horse blind in one eye."

Coyote reacted with disbelief. He paraded back and forth in front of the tribespeople, mocking Sonny's story with exaggerated gestures. John gave Ezra an appraising look.

"And you, Mister Empty Holster, what did you see?"

"I was just along for the ride."

"The sick one could be a leader. That would mean these Comanches aren't looking for trouble," said John.

"And what about this horse? How do you know it is half-blind?" Coyote asked.

"All the other horses grazed on both sides of the trail; this one ate only on one side."

"Maybe that horse was walking backwards!" Coyote said, playing to the crowd.

"Maybe you are talking backwards," said Sonny.

Coyote exploded toward Sonny's horse, going airborne in one giant leap and yanking Sonny from his saddle. Both men grunted as they rolled around in the dust. Just when it looked like Sonny was going to emerge as the stronger of the two there was a loud commotion, the sound of galloping horses. Juan Maldonaldo rode into the encampment with a cadre of militia. He pulled up, his men immediately surrounding him. Coyote and Sonny dusted themselves off and with the other Indians closed in on Maldonado, who remained mounted. He removed a scroll from a pocket inside his coat and began reading.

"By decree of the Governor of the State of Coahuila, the order is hereby given that all members of the Seminole tribes, except those who are officially known as Mascogos, are to leave Mexico within five days or they will be forcibly removed!"

There was immediate pandemonium. John and Coyote exchanged puzzled looks. Maldonaldo threw the scroll on the ground, then he and his contingent rode rapidly out of the settlement.

Teresa snatched up the document and read it carefully, oblivious to the consternation Maldonado's ultimatum had caused;

nor did she appear to notice that the tribeswomen had myste-
riously gathered around her, including Esperanza, waiting for
her to interpret this news.

John and Coyote were besieged by angry and confused
tribesmen waving their arms and shouting for an explanation.
Both men went to their horses and mounted up.

☆

THE TWO Seminole leaders galloped their horses across the mesa. They rode with reckless abandon, as if being pursued.

☆

AT SUNDOWN of that day, John and Coyote sat cross-legged on the edge of a cliff above the town of Santa Rosa.

"Do you ever feel like giving up?" John said.

"Never."

"We could go to Oklahoma, rejoin the others."

"Live like dogs and learn how to count beads."

John laughed.

"What are you laughing for?"

"I had a picture in my mind of dogs sitting on the ground counting beads."

Coyote grunted.

"Indian dogs smart dogs," he said.

"We've been fighting as long as I have a memory," said John. "Now we are in this new country, fighting other Indians we don't even know so that we can finally have our own homeland. And still it is not enough. I feel like I'm getting old."

Coyote grunted again, chewing on a blade of grass.

"But my smarter brother tells me there is no way to become young again."

"We can never let them split us up," said Coyote. "We are not like other tribes. We stay together."

"Then what are we going to do, old friend?"

After a long silence, Coyote spoke.

"I have figured out what is the best thing now for us."

He gave John a deep, profound look.

"Tell me."

"We are going to go down into that town and get very drunk."

A fiesta had the town of Santa Rosa in its grip. The streets were jammed with drunken revelers. Music filled the air. Inside a jam-packed cantina, a great party was underway, with many dancers, trumpets blaring, castanets clacking. John and Coyote were at the bar, deep in conversation, seemingly oblivious to the raucous celebration. They had followed Coyote's recipe.

The two American surveyors from Piedras Negras were also in attendance. One of them, the redneck Stevens, stared drunkenly at John and Coyote, recalling the last time he had met these two. His partner followed Stevens' eyes. Two whores crammed into the booth with them.

"Well, if my nose don't deceive me. Look yonder," Stevens said.

"You and them nigras again. They don't hardly give you any peace, do they? Why'n hell don't you go back to Georgia and buy you some? That way you can just beat on 'em whenever you feel like it."

"They got no right to be in here."

"What you want me to do about it, kick their ass? By God, I believe I will, just to make you happy."

At the bar, Coyote suddenly jumped straight up into the air and let out a piercing cry that could be heard even above the music. He jumped onto the bar and did a furious dance. John, not to be outdone, began his own show, dancing in place. The crowd roared even louder and started clapping.

Stevens' partner staggered out of the booth, dragging one of the whores by a hand. He accosted John, interrupting his dance, which John clearly did not like. The surveyor then shoved the whore at John.

"Here! I'll give you a choice. You can have a piece of this whore or a piece of me. Which'll it be?"

John hit the man so hard that he almost wound up back at his booth. The whore ran off before the surveyor got to his feet, charged John and they began trading punches. The other patrons cleared the floor. When the surveyor pulled a knife, John pulled his. Someone screamed. The music stopped.

The surveyor was no match for John, who easily parried his thrusts. Finally, John disarmed him, and moved in for the kill.

Stevens now emerged from the booth, pulling a pistol. He fired at John, who went down. Stevens stood over him and pumped two more rounds into the fallen Seminole before a group of Mexicans managed to subdue him. The place went quiet. Stevens broke free and ran out of the bar.

Coyote kneeled beside John, a grave expression on his face. John was unconscious. Very gently, Coyote lifted him up in his arms and walked out of the cantina.

☆

THERE WERE approximately ten or fifteen men seated at a long dining table at an elegant hacienda. At the head was Jose Carvajal, leader of the Insurrectionists, flanked on one side by his assistant, Santiago Viduarri, and on the other by Cass Dupuy and Royce Box. There were also a banker, a mercenary and a few businessmen. Dinner was finished. Clouds of cigar smoke filled the room. The guests sipped sourmash bourbon and picked their teeth, mulling over the circumstances that had brought them together.

"Questions, gentlemen?" Carvajal asked.

"What makes you so certain Mexico City won't intervene?" said the banker.

"You may not be aware of what is going in the capital," said Carvajal. "The first signs of a power struggle to reform the church are underway. Santa Ana is a fool, and the Army is in a state of uncertainty. They don't have the means now to worry about what's going on so far north. Besides, we are not breaking relations with the church or the government of Mexico."

"Just what do you call it, then?" asked a businessman.

"The State of Coahuila is simply seceding," said Viduarri. "We want to form an independent Rio Grande Republic so that we can conduct our business affairs with our neighbors across the border."

"And make sure that the land is distributed to the right people," added Carvajal.

"It's only been four or five years since we had to go down

there fightin' a war with your people," said another businessman. "And look what happened: Zach Taylor wound up
occupying Mexico City, not any too successfully, as I recall. I
ain't too keen about this."

"But I notice, Lem," said Dupuy, "you're pretty damn keen
on gettin' all that cotton you own picked cheap."

"How in the hell are you gonna cull the runaways from Texas
from the ones out of Florida? That's what I want to know," said
Lem.

Viduarri and Carvajal exchanged looks before Carvajal said,
"We are working on that."

"Gentlemen, this is for a worthy cause, believe me," said
Dupuy. "These men need to appear respectable in this endeavor,
and our society will provide a presence that is useful to them.
Let's settle this, draw up a date to invade, go down there and do
our job. Everyone will profit from the expedition."

Royce stared at Dupuy as though he couldn't quite believe
what he was hearing. Josiah Johnson, the banker, slid his chair
back and rose.

"All right, you have my blessing," he said. "But remember,
if the U.S. authorities get wind of this action I will have to
claim ignorance and officially side with them. In the meantime, I'll lend my support because I believe those slaves must
be returned."

Dupuy scoffed.

"Yeah, right, at around twelve-hundred bucks a head, too!
Who are you tryin' to fool, Mr. Johnson? Let's don't be hypo-
crites about this. We got a job to do."

Dupuy stood up, knocked back the rest of his whiskey and
prepared to leave. As he started out, he leaned down and jabbed
the mercenary in the shoulder.

"C'mon. Me'n you got to talk."

Dupuy and the mercenary, Warren Adams, walked off to one side to talk privately. Royce Box stood within earshot as Dupuy got right in Adams' face.

"Where the Sam Hill you been?"

"Had a little trouble in Del Rio, bringin' in some contraband. Held me up for a few days."

"I paid you to find my daughter, not smuggle Messican goods. What did you find out?"

"There's a rumor about a white girl ridin' with the Seminoles. And they say she's married up to a half-breed."

Dupuy's eyes turned red as they burned holes into the man.

"That's all I can tell you. You want your money back?"

Dupuy turned on his heels and quickly left the room, followed closely by Royce Box.

☆

JOHN LAY gravely wounded on a makeshift bed in a cave above the Seminole encampment. Esperanza and Teresa watched over him. Coyote sat on the ground nearby, his head between his knees.

The Tribes were gathered just below the cave in the side of the arroyo, the blacks in one section, the Indians close by in another, all eyes on the mouth of the cave, waiting for word.

John tried to rouse himself to a sitting position, assisted by Teresa.

"Coyote, we must talk. There is much to be done," John said.

Coyote got to his feet, nodding, and came closer.

"In two days they will try to separate us. What do you think we should do?"

"Move. Go far away."

"That will bring the Mexican government down on us."

"We can kill Mexicans as easily as we do Apaches or Comanches."

This is not what John wanted to hear. He glanced at Teresa, who was listening closely, then at Esperanza. She appeared to read his mind.

"Bring him to me. And the other one, too," John said to Esperanza. He paused before looking again at his most trusted friend.

"Coyote, listen, remember what you said about Nacimiento? That it would be our place forever if we use our minds instead of our guns? That time has come."

Sonny and Ezra entered the cave. Sonny immediately kneeled beside John and lay a hand on his shoulder.

"Stand up!" Coyote yelled.

Sonny rose and looked into Coyote's eyes.

"How is he?" Sonny asked.

Coyote took a small pouch from his shirt, poured four bullets into his hand and stuck them under Sonny's nose. Sonny glanced at them.

"That's how he is."

"Enough," said John, weakly. "Osceola, we need your help. You know this border country, you understand the Texans. But what do you know about Mexico?"

"I have a plan. But first, listen to Ezra."

Sonny gestured to Ezra to come forward.

"When I was on the run," said Ezra, "I heard about a bunch of retired Texas Rangers who were throwin' in with some Mex revolutionaries from Coahuila. They call themselves Surrectionists—"

"Insurrectionists," Sonny said. "They want the state of Coahuila to secede from Mexico so they can set up their own little country. They intend to call it the Rio Grande Republic."

"These men are slavehunters," said John. "We want to avoid this fight. What is your plan?"

Sonny and Teresa exchanged apprehensive looks.

"We'll play both ends against the middle," said Sonny. "The Mexican government don't want this fight, neither. They got their hands full with uprisings in other parts of the country. Let's send word that unless they give us Nacimiento we'll join up with the Insurrectionists."

"And if they agree?"

"Then we'll ride with the government," Ezra said.

"As one?" asked Coyote.

"As one," said Sonny.

John stared at Ezra.

"So you're through running?"

"Yes, sir. I'm with y'all."

"Let me deliver this message," said Esperanza.

John and Coyote looked deeply into each other's eyes. They knew the torch had been passed.

☆

ESPERANZA, TERESA, and an older black Seminole named Abraham presented themselves to the guards in front of the Governor of Coahuila's office.

"State your business," said the guard.

"We're from Monclova Viejo. We are here to see the Governor," Teresa said.

"I asked you to state your business."

Teresa presented the scroll left by Maldonaldo and the guard took a quick look it.

"Wait here."

He left. Esperanza paced around. Abraham assumed what he considered to be a statesman-like posture. Teresa looked expectantly at Esperanza, who ignored her, until she spoke.

"Esperanza!"

"All right, then. You may speak."

The guard reappeared.

"The governor will see you now."

Inside the office, the governor sat behind his desk. Maldonaldo sat in an adjoining chair and Colonel Emilio Langberg, in civilian clothes now—a white suit with a vest, topped by a Panama hat—sat in a corner of the room. All three were clearly disturbed by the presence of the young white woman.

"Good afternoon to you all. Esperanza, we have met before. How is your husband? I remember him well," said the governor.

"He is dead."

"I am sorry to hear that. A peaceful demise, I hope."

"He died fighting the Apaches. On Mexican soil, governor."

"I recall that he was good with horses. He had gentle hands."

"If you would honor his memory then you should know that it is on his behalf and others of a like mind that we are here."

Colonel Langberg looked Teresa over carefully, ignoring Esperanza.

"State your case, madam."

"The Seminoles must not be separated. We are prepared to fight this order but have come to bargain," Esperanza said, as she placed the scroll on the governor's desk.

Maldonaldo and the colonel exchanged looks.

"You have seen the order, you must comply with it. There is nothing I can do."

"You can't expect us to expel members of our own tribe just because you've decreed it," said Teresa.

Colonel Langberg laughed, scornfully.

"Young lady, you are an American. You have no business even being here. How dare you interfere in our affairs?"

"Mister, I'm not an American, I'm a Texan. I was born and raised in the Republic of Texas, which used to be part of Mexico. I'm also a free woman. You made a deal with the Seminoles."

She produced a document from her shirt.

"This is your President's statement of February fifth, eighteen-hundred and forty-nine: 'The immigrant Indians from the United States, the Mascogos and the Seminole, have justified the Republic's hospitality, contributing faithful and useful assistance to military operations and expeditions against the barbarians, distinguishing . . .'"

She paused to glare straight at Colonel Langberg.

"'. . . themselves in particular in the defense of Cerralvo.'"

Teresa folded the document and put it back inside her shirt.

"The only reason you're willing to allow cuarterones like Abraham here to stay is to use them as bargaining power with the slave states. By God, you made a deal with us and we aim to see you keep it."

There was a long pause.

"We are all one people, governor," said Esperanza.

"Let me remind you that the Seminoles are guests in our country," said the governor. "The Mexican government decides who will be allowed to stay."

"If you force so many of us to leave, sir, our ability to help protect the border from Apache and Comanche raiders will be greatly reduced," Abraham said.

"We've taken that into account. It is no longer a factor."

"Abraham, tell our governor about factors," said Esperanza.

"We know all of Mexico is having troubles among its peoples. Right here in the State of Coahuila, which you govern, there is a revolution underway. We know about the Insurrectionists and that they are bringing a small army of mercenaries from Texas to help their cause. It is a factor that this is more trouble than your state militia can handle. And it is a situation that we are prepared to remedy."

"You don't impose conditions on us."

"No, of course not. We are simply pointing out to you what is known as a factor."

The governor looked back and forth from the Colonel to Maldonaldo.

"What are you proposing then, Esperanza?" said the Governor.

"We will fight at your side against the Insurrectionists on two conditions: one, that you will never try to separate us again; and two, if we win this fight, you will give us title to the

land which the Presidente himself promised would be ours—Nacimiento."

"Absolutely not!" Langberg shouted.

Esperanza whirled, her eyes flashing, and leveled a finger at him.

"Then put on your uniform, Colonel, because we will ride with the Insurrectionists! And there will be a bullet in my rifle for you!"

She snatched up the scroll, then turned to her party.

"Vamonos!" she said, and preceded Teresa and Abraham out of the governor's office.

☆

DUPUY'S ARMY of over a hundred men rode along in a column of twos, headed for Mexico. This formidable bunch consisted of Dupuy's "society"—mercenaries, professional slavehunters, irregular Texas Rangers and adventurers. A grim-faced Dupuy led the way. Royce Box rode alongside him. Outfitted by Dupuy, all of the men had long-handled Çolt .45's strapped to their legs and Winchester rifles tucked behind their saddles.

☆

TWO MEXICAN militia scouts sat their horses on high ground above the Rio Grande. One of them looked through a telescope.

"Ah . . . Los Tejanos."

"Cuanto?"

"Many. A battalion at least."

He snapped the telescope shut.

"Pedro, ride to the company command post. Tell the colonel the Americans will be crossing the river in an hour. Andale!"

A two-story adobe structure in the village of Nueva Rosita housed the insurrectionist headquarters. Pedro approached the building on his horse, a serape around him to cover his uniform. His sombrero was pulled down low over his eyes to provide further concealment as a double agent. Now he spurred his horse lightly forward and slipped around to the rear of the building. He dismounted, looked carefully around, then knocked softly on the back door of the house.

Inside, Jose Carvajal, Santiago Viduarri and their aides were seated around a large table with maps spread out, plotting their campaign. Another aide led Pedro into the room. Carvajal glanced up, relieved to see him.

"Well? How many would you say? A hundred? Two hundred?"

"More. At least three-hundred caballeros. Many Texans," Pedro said.

Carvajal gave Viduarri a questioning look.

"It is more than we expected. I don't think the Federales will move against us," said Viduarri. He turned to Pedro.

"Tell Colonel Langberg you have seen over a thousand men heading for the river. Describe them as a great force."

"An overwhelming force. Do you understand?" said Carvajal.

"Yes. An overwhelming force."

Pedro cleared his throat emphatically. Carvajal took an envelope from his jacket and handed it to Pedro, who fingered it lightly and stuck it in his pocket.

"Hasta la revolucion," said Pedro, who turned on his heels and quickly left the room.

☆

DUPUY'S TROOP entered the small town of San Fernando de Rosas. The citizens scurried out of their way, seized with fright at the sight of such an ominous force. Lavar, a white scout employed by the Insurrectionists, had been waiting for Dupuy in front of the town's only hotel. He flagged Dupuy down, taking the reins to his horse.

"Good to see you, Lavar. What's the situation?"

"There's some strange goin's on, Captain. Can't say exactly what. Viduarri's men are still holed up outside of Piedras Negras, waiting for word from the U. S. side."

"Don't fuss about it. We got plenty of time."

He turned in his saddle and signaled for one of the other men to join him. Warren Adams came to the head of the column.

"Warren, take the men and set up camp about a quarter mile south. Royce and me'll join you later. Keep the men out of town and away from the booze."

Royce and Dupuy stayed put as the column filed past.

☆

BACK AT the Seminole camp, a blood-curdling scream pierced the air. An Indian woman bolted from her wikki-up holding up an infant child for all to see.

"La viruela negra! La viruela negra! La viruela negra!" she screamed, heralding the evidence of smallpox. The tribes-women descended on her. There were moans, screams, cries, and general panic.

Esperanza calmly took charge. She ordered that fires be built at once. Coyote watched while the action swirled around him. He took a few tentative steps, backwards, away from the compound, a look of absolute terror on his face.

A white scout observed the activities from atop a nearby hill. He watched as the Seminoles fled by twos and threes, headed in different directions toward the surrounding mountains, leaving small fires burning.

☆

COLONEL LANGBERG, Maldonaldo and three military officers were seated around a conference table at the government office. The atmosphere was tense.

"We can muster at the most two battalions. Perhaps seven-hundred men," said an officer.

"What about volunteers?" Maldonaldo asked.

"We are counting them."

"That is not enough to take on a thousand Texans, Colonel."

"I've requested help from Sonora," said Langberg.

"It is too late for that. The Texans will be on us soon. We need the Seminoles," said Maldonaldo.

"I refuse to give in to their demand for Nacimiento."

"There is always a way, Colonel. Give them what they want for now. We will worry later about the title. Who knows what will happen after the insurrection is put down? Perhaps we will make a deal with the Texans for the returned slaves."

"But how do you separate them? If you try to weed out the full-bloods, the others will turn on you," said the officer.

"They are all Seminoles, even the whites among them. We need their fighting skills, Colonel."

Frustrated, the colonel got up and paced about the room.

"Comanches, Apaches, Seminoles, negro slaves. What kind of country is this?" he said, then stopped and faced the others.

"All right. Tell the Seminoles they will be permitted to remain in Mexico with the proviso that we will grant them the

land at Nacimiento only if the filibusters are beaten and driven back across the border."

☆

CASS DUPUY sat pensively beside his hotel room window looking down on the main street of the town. There was a knock on the door.

"Yeah."

Royce Box entered.

"Somethin' funny goin' on. Some ol' boy come ridin' in a while ago talking about smallpox hittin' the injuns and the nigras at Monclova. He says they all scattered into the hills."

"How long ago he say this was?"

"Two, three days."

"They'll stay out a week, maybe a few days more. The nigras most likely won't come down with it. They got the immune systems to fight it off. Anyway, it gives us more time to figure out just exactly how to do what it is we're doin'."

Royce nodded.

"You feel like gettin' drunk," he said, "I'll be down at the bar."

☆

DUPUY SAT naked on the side of a bed in a whorehouse, a half-empty bottle of tequila in one hand. A naked Mexican girl half Teresa's age squatted over a pot filled with water. She completed her ablutions, then stood and looked at Dupuy with a mixture of pity and detachment.

"I will pray for your soul, *señor*," she said. "For your pain to go away."

Dupuy lurched around and looked at her, an expression of torment on his face, and for a deranged moment he thought he saw his dead wife's face instead of the girl's. Teresa's mother was sobbing, heartbroken, her hands outstretched, imploring him. In one swift move Dupuy was on the girl. He grabbed her by the hair, drew back his hand to hit her, then stopped. He hurled her aside onto the bed, then chugalugged the rest of the tequila and threw the bottle against the wall. An infant's cry filled the silence. The girl picked up a baby from a basket next to the bed and put its mouth to one of her breasts. Dupuy watched as tears like pebbles dropped from the girl's eyes.

☆

AN OLD Indian lay dying on a bed in a mud-hut near the Seminole encampment, tended to by a Mascogo woman. The man's disfigured face was barely visible in the shadows. The night was filled with the sounds of terrible suffering, screams and cries and women moaning for ones already lost.

☆

SONNY AND Teresa prepared food by a campfire in the hills. Ezra rode in out of the darkness and dismounted. He squatted by the fire.

"Coyote has the smallpox," he said.

Teresa took a sharp intake of breath.

"How many others so far?" Sonny asked.

"At least twenty, maybe more. Some are still in the hills. But Esperanza says it's about run its course."

"And John?"

"Smallpox can't kill him. The man who shot him took care of that. He ain't got enough time left to die of a white man's disease."

There was a silence.

"We have to call a council," said Sonny. "The filibusters have crossed the border. There'll be fighting soon. On one side or the other."

"John and the others want you to lead. He's waitin' for you."

He flashed a comradely smile at Sonny.

"Your time has come, son of Asi Yahola."

☆

AT THE slave-hunters camp, men ate, played cards, drank, and shot the breeze, doing their best to pass the time. Into their midst rode Royce Box. He dismounted, unsaddled his horse, then sat down next to Warren Adams, who poured him a cup of coffee from a pot on the fire.

"Where's ol' Cass?" Adams asked.

"He's sleepin' one off."

"These boys are gettin' restless."

"We'll be ridin' soon as the smallpox burns out," Royce said.

Adams studied him for a moment.

"How long you known him?"

"Who's that?"

"Dupuy."

"We was in the Rangers together. But I knew him before that, when I wasn't much more'n a kid."

"Well, I just hope he's down here to take care of business. And I don't mean family business."

Royce glared at him but decided to let it go.

☆

THE SEMINOLES returned to the settlement, walking or riding, singly, in pairs and whole families, distraught but with an air of conviction. No one spoke until the silence was shattered by the sound of tambourines, a trumpet and other instruments.

The actor's troupe broke out in song and dance near their wagon, celebrating the return of the Tribes. John July staggered out from his cave above the central compound. He leaned heavily on a walking stick, looking weak and pale. He gestured. The music stopped. All gathered below looked up at him.

"Captain Coyote requests that I herald his departure for the Land of Our Ancestors."

A great wailing rose up from the Tribes and they mingled and walked in circles, as befit their mourning ritual.

Inside the cave, Coyote lay on a makeshift bed. Present were Esperanza, Teresa, Sonny and other tribal council members. Coyote's face had been severely marked by the ravages of the smallpox, but his eyes still glowed. He was dressed in Seminole finery: a beaded sash, a silver buckle, a silk turban decorated with black and white ostrich plumes.

"Bring me my war belt, the powder-horn," he said.

Esperanza immediately brought these items and helped Coyote put them on.

"And now my knife."

Esperanza started to get this, too, but Sonny had already moved. She started to stop him, claiming this ritual for herself, but John held her back.

"No. He knows what to do. He is remembering his father's deathbed."

Ezra slipped in unnoticed through the curtain over the entrance. Sonny seemed to be moving not of his own accord. Almost in slow motion, he handed Coyote his knife and a small vial of red paint, then produced a looking-glass which he held up for Coyote as he painted his face, his neck and his wrists a brilliant vermillion red. Then Sonny adjusted Coyote's turban and the three ostrich plumes. Coyote smiled up at him.

Coyote held out his hand and one by one they all stepped forward and gripped it briefly. Last was John, who did not relinquish his grip for a longer time. Sonny completed the ritual, easing Coyote back down on the pillow. He took Coyote's scalping knife from its sheath and placed it in the dying man's hand. Coyote lay it across his breast as he looked at John July. John could see in Coyote's eyes that he wanted to smile, but his lips could hardly move as he fought to speak his last words:

"Remember the corazonada."

Then Captain Coyote closed his eyes and bid his soul to depart his body.

"He is traveling now," said John.

☆

DUPUY RODE into the slave-hunters camp, weaving his way past tents and men sitting around waiting for orders. Warren Adams saw him coming, got up and poured a cup of coffee, which Dupuy took with a nod after he dismounted. Royce sat nearby.

"Afternoon, Cass. Have yourself a good evening?" Adams said.

"Depends on the definition."

A man named Griff tossed the remains of his coffee on the ground and spit.

"I say it's about time somebody tells me what the hell's goin' on down here," he said. "We chasin' slaves, fightin' Mexicans or what? Now I hear the beaners want these Seminoles outta the country. We supposed to take 'em back with us across our saddles? If so, by God, there'd better be good money on the table."

Dupuy sipped his coffee, as he looked Griff over.

"Money? You in this for the money? We're down here just to put a little pepper in our pants, ain't we?" said Dupuy.

"I expect to be paid for gettin' shot at."

Dupuy tossed away his coffee cup, then, lightning fast, pulled his Colt .45 and fired a bullet that whizzed just past Griff's left ear. Before Griff could pull his gun, Dupuy had replaced the Colt in his holster.

"Somebody pay him."

Dupuy walked away. Royce Box got up and followed him. They ambled out to the edge of the campsite, side by side. Dupuy mumbled to himself, but loud enough for Royce to hear.

"I'm goin' to kill her, too."

Royce stopped dead in his tracks.

"You mean Teresa?"

"First her, then him."

"What the hell difference does it make which one you kill first?"

"If I kill him first, she'd never forgive me."

Dupuy walked on, leaving Royce staring after him, dumbfounded.

☆

WEAK AS he was, John presided over a strategy session inside a makeshift corral, among the horses at the Seminole camp. John used his walking stick, drawing lines in the dust. There were six men present, including Sonny and Ezra. The horses mingled and pushed close around the group throughout the session, snorting and snuffling. John did not sit for fear he would be unable to stand again. At one point he supported himself by holding onto a horse's mane.

"Whether we will be killing men from Texas or men from Mexico does not matter. We must survive here on this ground, in this country, no matter which side we fight on. Now, I want to show you a strategy, an old trick that can break the back of an enemy."

He drew a large semi-circle in the dirt, in the shape of a bow.

"Look!" Abraham shouted, pointing.

Two Mexican soldiers from Colonel Langberg's militia sat motionless on their horses on a ridge above the encampment. John looked up at the soldiers and nodded.

"They are from the Coahuila militia. There is your answer. You will fight against the Insurrectionists!"

"And Nacimiento will be ours," said Hamilton James, a tribal elder.

"Not until we possess the deed to the land."

Ezra led John back to his bed inside the cave. John reached beneath it and brought out a bead-encrusted box. He opened it carefully and showed Ezra a long-barreled Colt .45. Ezra was awe-struck. He sat down on the bed next to John.

"Did you know that after Samuel Colt designed these pistols they were first tested by the United States Army on Seminole Indians during the wars in Florida? A gun for the mounted man, Colt called it."

Ezra, his eyes glued to the pistol, could only shake his head.

"I took this gun off one of General Taylor's soldiers, then I shot him with it. Stand up."

Ezra rose. John reached up and opened Ezra's jacket, revealing the empty holster. John took the pistol out of the box and slid it gently into the holster.

"Shoot straight, my brother," said the dying Indian.

"I will," said the escaped slave. "When you see Captain Coyote again, please tell him how thankful I am to both of you for helping to keep me a free man."

John nodded, then lay back and closed his eyes.

☆

DUPUY, ROYCE Box and Griff lay on the ground on a prom-
ontory scouting the Seminole village below. Dupuy was using
his binoculars.

"Looks like slim pickin's down there. Mostly squaws and nigger
women, a few old men. I wonder where their fighters have got to."

"Maybe the pox did more damage than we thought," said Box.
"To hell with it, Cass, let's break camp and head to Piedras Negras.
We gotta hook up with Carvajal and his bunch, anyhow."

Dupuy continued to study the layout of the Seminole
encampment.

"Cass, come on."

"Hold on, Royce. I know what needs to be done."

Back at the slavehunter campground the men broke camp,
gathering their gear, saddling up and checking their ammunition. Two of Dupuy's men entered the campsite dragging an
old Seminole Indian on the end of a rope.

Dupuy, Royce and Griff arrived simultaneously from
another direction.

"You! Viejo! Ven aca!" Cass shouted.

The old man advanced, rubbing his wrists. He stood in front
of Dupuy.

"Where is Sonny?"

The Seminole shook his head.

"The one who calls himself Osceola," said Dupuy.

The old man still did not answer. Dupuy took out his knife
and held the bladepoint to the man's throat.

"He has gone to fight the Mescaleros, in Cruzado," said the Seminole.

Dupuy slashed a twenty-inch gash across and down the man's chest. Blood flowed copiously. The old man collapsed abruptly to the ground.

A scout rode into the camp and pulled up his horse in a cloud of dust. He wore a sombrero with two bandoliers strapped across his chest.

"Captain! Señor Jesus Carvajal says he needs to meet with you in San Fernando by tomorrow. You and all your men."

"You seen the militia?"

"Sí. They are fifty miles north of Saltillo. And moving fast!"

"Adams," said Dupuy, "get these troops moving! You're gonna ride all night. Royce, pick you out three-dozen good men and head on up to Yaqui Creek. You might be able to get there in time to bushwhack Sonny's party."

"What about you?"

"Loughlin!"

A young cowboy appeared. "Yes, sir."

"You stay with me," Dupuy said. Then, to Royce, "While you're up at Yaqui Creek, I'm gonna take care of that business I told you about."

"I'll . . . uh . . . I'll get goin' then," said Box.

☆

ROYCE AND his detail rode along a ridgeline. He halted the column and signaled to Lavar to come up. Night was falling.

"I got a feelin' Cass might could use a little help. I'm goin' back, catch up to you boys later. Can you handle this?" Royce said.

"You bet."

"You run into Osceola's bunch don't be takin' no prisoners, you hear?"

Lavar nodded and Box rode away.

☆

THINGS WERE very quiet at the Seminole camp. All able-bodied men were off fighting. A few windows of the adobe huts flickered with candlelight. Dupuy and Loughlin moved stealthily in the shadows along the edges of the camp. When they came to Teresa and Sonny's house, Dupuy motioned silently for Loughlin to stand sentry in front.

Inside, Teresa lay on a cot, reading by candlelight. She heard a sound and reached for a pistol next to her. Dupuy stepped into the room. He froze, staring down the barrel of Teresa's gun. He had a crazed, twisted expression on his face.

"I been expectin' you," she said.

"Your mother used to like to read in bed. You look a lot like her right now."

"She should have killed you. It would have saved me the trouble."

"That's no way to talk to your daddy."

Dupuy removed his Stetson very slowly, then quickly threw it at the candle, extinguishing it. The room went black followed by the sound of a body crashing to the ground.

Royce Box lit the candle, then stood over Dupuy. Teresa was in a far corner of the room, her mouth open, staring at her father in horror, holding her revolver by her side. Dupuy lay slumped against a wall in a sitting position. A knife protruded from his stomach. His eyes were open. They shifted back and forth from his daughter to his friend, then back again, trying desperately to comprehend what had just happened to him.

"Wha—? Why?"

Royce took a piece of rope from his back pocket.

"Give me the gun," Royce said to Teresa.

She shrank back from him. He slapped her hard across the face.

"Do as I say, damn it!"

He snatched the gun away from her, then forcibly tied Teresa's hands behind her back. She offered no resistance. Dupuy watched them through glassy eyes, his mouth working but no words came out.

"You're comin' with me, Teresa," said Royce.

Dupuy tried to call for Loughlin to come and help him but seconds after his daughter and Royce Box had gone, he was dead.

☆

SONNY AND his detachment were watering their horses alongside Yaqui Creek when the slave-hunters, under Lavar's command, opened fire from concealed positions.

The ambush worked at first, but as Sonny's men separated and began to lay down a base of fire, it became apparent that most of Dupuy's men had no stomach for this kind of fight. The Seminoles mounted a direct attack and engaged the slave-hunters in hand to hand combat. After Lavar was killed, the rest of his men scattered into the hills, leaving behind their dead and wounded.

Sonny and a Seminole named Jumper took stock of their own casualties. They had three killed and three wounded. One of the wounded slavehunters groaned loudly. Sonny kneeled by this man.

"Who sent you?"

"Cap'n Dupuy."

"Do you know where he is?"

"Cain't be sure. Could be he was headed for the Seminole town. Somethin' about his daughter . . . Shoot, I'm gonna die now, ain't I?"

"Yes, mister, you are."

Sonny ran for his horse and mounted up.

"I'm going to the village! Jumper, you take charge!"

"What do you want me to do with this man?"

"Don't make a liar of me. Kill him."

As Sonny rode off, he heard a gunshot.

Sonny rode to the Seminole village. Only women were about. He dismounted and spotted Esperanza.

"Sonny, there was trouble here last night. We found two dead white men. One outside your house had his throat slit, the other inside was knifed in the belly."

"And Teresa?"

"Teresa is gone."

"Gone where?"

"I think the white men came for her."

Sonny set off for his house.

Inside, Sonny knelt down next to Dupuy's corpse. The knife was gone. He stood up and saw that Esperanza had followed him. He walked out of the house without speaking.

☆

COLONEL LANGBERG led his state militia across the plain of Rosita at dusk, a force of roughly two-hundred men. He held up the line when he saw the Seminole warriors appear on top of a low line of stone hills in the distance. All the Mascogos—the blacks—were noticeably absent. Langberg rode toward Sonny, who was at the forefront of the Seminoles. The Colonel sized up Sonny's force, then turned his attention to their leader.

"I did not expect to see the Seminoles led by a man with such fair skin."

Sonny did not answer.

"Are your men prepared for battle?"

"Are yours?"

"Where are the Mascogos?"

"They will be deployed later."

"Very well. Now then, we will make a stand against the Insurrectionists at the base of those hills. If they plan to take the capital by force they will have to come through this line of defense."

"What is their position?"

"They are on the trail and should be here well after dark. We will engage them when they bivouac."

Colonel Langberg and Sonny turned their horses and led their respective forces into the hills to await the Insurrectionists.

☆

Royce squatted over a small fire, roasting a piece of meat on a skewer. His rifle was nearby. Teresa sat on the ground, leaning against a log. Her hands were tied in front so that she could ride, but her feet were bound. Their horses were tethered beneath a tree.

"Whatever it is you got in mind, it won't work. You don't really want me, anyway."

"What do you know about what I want?"

"I'm somebody else's woman."

He untied her hands, ladled out some food and served her. She studied him shrewdly, and very calmly.

"I mean to act right by you," said Box.

"You call this acting right, kidnapping me?"

"I'm kinda hopin' we'll get to the point where you won't consider it kidnapping. I had an idea maybe you'd like to see the ocean. I could take you there."

"Uh-huh—you want to get me on that island we talked about. I'll see an ocean one day, if it's meant to be."

"I'm sorry I hit you. I had to do it."

"I know why you did it. You wanted him to die thinkin' you were still on his side."

Royce was impressed by her perception.

"If you expect me to thank you for killing my father, consider it done. As for saving me from him, you'd have to've been around long before last night."

"I know. I'm sorry about . . . about all that."

"You mean you knew? All these years?"

Royce nodded. She turned away, not wanting Royce to see her cry.

☆

SMALL FIRES flickered along the line at the Seminole battle-field. It was very quiet. A little wind kicked up. Sonny and Ezra stood watch together.

"I'm real sorry about your woman. If we didn't have this fight tomorrow, I figure me'n you could track her down, like we done them Comanche."

Sonny continued staring into the darkness.

"I ain't never been in no actual battle before," said Ezra.

"Don't that last one count?"

"That wasn't no battle, that was a skirmish."

"Well, then I guess I ain't never been in no real battle before, neither."

"Old John," said Ezra, "he was a different kind of man."

"He was a Seminole." Sonny looked at Ezra. "And now you are, too."

☆

IT WAS close to dawn at Royce and Teresa's campground. The fire was nearly out. They had not slept. Royce was pacing, a bottle of whiskey in one hand. His hat was off, his face completely drained from emotional exhaustion. Teresa was in the same position as before. Her feet were unbound now, too, however, and she held a blanket around her shoulders. She stared at Royce.

"Go on," Teresa said.

"I heard him yellin' for me. Callin' my name. I didn't know what to do. It sounded like he was the one bein' attacked. I heard somethin' in his voice that was plumb awful. I can still hear it. And then . . ."

"What? Go on, Royce. What did you hear?"

"The sound of somebody falling down. Like a . . . a body hittin' the floor. So I run in and there she was on the ground, blood runnin' outta the side of her head. An' Cass—he was just starin' down at her, his face all twisted. Then he commenced to bawlin'. I mean, just bawlin' like his whole insides was bein' torn out."

"What caused the fight? Did he say?"

"Yes. He said it was about you."

"Mama wanted to make him stop."

Royce stood still and looked at her.

"Pass me that bottle."

Royce handed it to Teresa and she took a long swig.

"The coroner said it was a heart attack," she said.

"Old man McWilliams owed Cass a lot of favors."

Exhausted by his confession, Box slumped down on the ground beside his bedroll and closed his eyes. Teresa looked at him across the fire, her face softening. Slowly, she got up, moved across and sat down next to him. She put a hand on his arm.

"Do you intend to keep me with you forever? Or just until I fall in love with you?"

He raised his head and looked at her, trying to speak, but he couldn't quite make it.

"I tell you, Royce, if you're a betting man, bet on forever."

She kissed him.

☆

TWO INSURRECTIONIST volunteers, both Texans, were standing watch on the plain of Rosita, stamping their feet in the desert chill. From their vantage point they could see the tiny fires of the militia positions a mile away to the east. One of the men scanned their lines with a small telescope in the half-light.

"What'cha see? They cookin' up some okra for breakfast?"

"Don't you wish. I ain't seen nary a nigra yet. How we s'pose to make all this big money I been hearin' about if there ain't any damn nigras down here?"

He handed his partner the eyeglass, and started rolling a cigarette. His partner now scanned the battle area in long lateral moves, back and forth. Just then, the sun broke over the eastern horizon.

"Holy Jesus! You want to talk about some nigras, look at this! There must be a hundred of 'em!"

He handed the other man the eyeglass.

"Let's take 'em."

☆

AS THE sun rose behind them, the black Seminole warriors emerged from behind some enormous clefts in the stone hills. The black Seminoles deployed into an enormous bow facing the enemy. Two stakes were driven into the ground and rawhide strings were stretched between them to steady their rifles. Meanwhile, the Seminole Indians and the militiamen remained out of sight. The strategy was clear: the blacks were offering themselves as a lure to the slave-hunters.

☆

JOSE CARVAJAL and Santiago Viduarri sat on their horses in the early morning light, surveying their motley army. Viduarri glassed the terrain they were about to cross.

"Still no sign of the militia."

"Is Dupuy with the Texans yet?"

"No. He still has not been seen. Do you think they'll fight without him?"

"Certainly. You know these Texans, they're all crazy drunkards. Turn them loose."

☆

THE TEXANS charged the black Seminole positions. As they did, the militiamen appeared on one flank. The Seminole Indian faction, commanded by Sonny, appeared on the other so that both flanks of the Insurrectionists were hit at the same time. Ezra led the fight at the bow, directing a barrage of rifle fire. The Insurrectionists retreated and fled toward Piedras Negras.

☆

"MAYBE I can do somethin' different with my life," said Royce. "About all I ever done is hunt down men, either to shoot or beat up on. I've killed a lot of people. Mostly they was tryin' to kill me, too, of course."

Teresa and Royce walked their horses along a stony ridge.

"Reckon city life might suit me? San Antone, maybe."

"Why not give it a try, Royce? You're still a young enough man. And not such a bad lookin' one, neither."

They halted their horses and looked at each other. Teresa smiled. Royce almost did.

"Well, I'll head off here," he said. "The river ain't far."

Teresa looked past him, then pointed. Huge pillars of smoke rose in the air.

"What do you reckon that's from?"

"Looks like it's around Piedras Negras," he said. "You know somethin'? I don't want to know."

They looked at each other again.

"Adios, Royce. Could be we'll meet up again."

He climbed up on his horse, tipped his hat to her and rode out of her life.

☆

IN PIEDRAS Negras, the Insurrectionists were torching the town to cover their withdrawal. They began heading for the river. When the militiamen and the Seminoles got there, they dismounted and began to fight the fires, forcing them to allow the Insurrectionists to get away.

☆

FROM A ridgetop, Jumper spotted Teresa riding south, and Royce Box on his horse headed downhill toward the river. Jumper pulled out his rifle and followed him.

☆

THE FIRES in Piedras Negras were out or simmering. The town was devastated. There were dead dogs and horses in the street, and many walking wounded. Exhausted Seminoles were scattered everywhere, some mingling with Colonel Langberg's soldiers, others leaning up against the buildings. Sonny and Ezra walked through the town, surveying the damage.

"Ezra, we been in a battle now."

"I guess to hell we have."

"I want you to take the men back to the village. I'm gonna go lookin' for Teresa."

"Need me to come along? I'll shoot that fella for you so's you won't have it on your conscience."

"No. I won't have any conscience if it comes to killin' him."

Colonel Langberg rode up. He nodded respectfully to both men, who stopped in the street.

"Your people fought well. The State of Coahuila owes you a debt of gratitude. We have decided to move you south to the town of Rio Nido, where there is good water."

Sonny looked him dead in the eye.

"That ain't exactly the gratitude we been countin' on, Colonel. The place we're moving to is Nacimiento."

"Sonny, look!" said Ezra.

Teresa came riding slowly into town. Sonny raced toward her, taking the reins to her horse. She slid down from the saddle and fell into Sonny's arms.

"Teresa, what happened to you?"

A rifle shot rang out in the distance, followed by a second one.As Sonny Osceola cradled Teresa in his arms, Colonel Langberg wheeled his horse around and departed.

Teresa looked into Sonny's eyes and said, "I'm all right."

A few minutes later, after Ezra, Sonny and Teresa had gone, Royce Box's riderless horse trotted down the street.

☆

THE TRIBES were on the move through a canyon. Some were on foot, some on horseback. They carried their belongings in carts and wagons, and along with them came numerous oxen, burros, goats and dogs. Included in the procession was Don Alfredo's caravan, his traveling theater.

☆

FROM A mesa above Nacimiento, three small rivers converged at the upper end of the valley. Blooming cottonwood trees lined the streams and the valley was lush and green. An abandoned church and some ruined adobe houses were all that was left of the village after years of savagery and plunder. The Seminoles entered the village to the tune of "La Paloma" being played on a flute by Don Alfredo, who sat at the front of his wagon next to the driver. Sonny and Teresa walked next to it, side by side. Inside the caravan, John's body lay on a litter of animal skins. Esperanza was seated next to him, her face set as fiercely as ever, but she was weeping.